개를 찾습니다

오진희 희곡집

작가의 말

킬링 이브

엄마는 나를 낳았지만 그뿐
내 몸은 매질을 견뎌야 하는 시간의 채찍 속에 내던져졌다
나의 재능은 저주
타인에게는 위협이었지만 버림받고
버리는 사람들 틈에서 사랑을 설파하는 미친
여자, 죽어야 했다 탯줄을 감고서라도
나를 유지시킨 팔할은 엄마를 향한 사랑
아니면 정말 죽었겠지 지금까지 버티는 엄마가
무서웠다 나는 꿈에서 멀어져 갔고
신은 꿈을 가져갔다 밤마다 악몽에 시달리며
누구라도 죽었으면 싶은 마음으로
뉴스를 틀었다 여인의 사체가 나와도 사람들은 흥미로운 듯
웃고 떠들었다 나는 살인마가 궁금했지만 뉴스는 보지 않았다
두통과 복통이 한꺼번에 찾아왔다

- 내 처절했던 20대와의 작별.

책이 나오기까지 도움 주신 모든 분들에게 감사드린다.

2019년 11월

오진희

차례

오진희 희곡집

개를 찾습니다

등장인물

준철

경찰관

수연

주인, 앵커, 개주인, 사모님, 여자, 정팔, 애견인, 기자, 표창해, 애니 등은 기본적으로 1인 다역을 원칙으로 한다.

극 진행상 보여지는 개들은 소리로만 처리하거나 인형으로 대체한다.

1. 프롤로그

어둠 속에서 따르릉 하고 전화벨이 울린다.

두어 번 벨소리가 이어지더니 이내 '딸깍'하는 수신음이 들려온다.

여자(소리) 여보세요.

준철(소리) 아, 거기가 연희네 집 맞습니까.

여자(소리) (황급히 떨리는 목소리로) 누구시죠? 저, 혹시 우리 연희 데리고 계신 분이신가요? 어딨어요 우리 애기. 우리 애기 어딨어요?

준철(소리) 저, 아주머니, 아주머니 진정하시구요. 지금부터 제 말을 잘 들으세요. 아줌마가 여기서 잘해야지 연희가 무사히 집으로 돌아갈 수가 있어요. 제 말 무슨 뜻인지 아시죠?

여자(소리) (울먹이며) 네. 우리 연희는 무사한 거죠?

준철(소리) 그럼요. 제가 잘 돌보고 있습니다. 그런 건 걱정하지 마세요.

여자(소리) 우리 연희가 입이 짧아서 아무거나 잘 못 먹을 건데.

준철(소리) 안 그래도 돈 좀 썼습니다. 부잣집에서 오죽이 잘 먹이셨을 텐데 아무거나 줄 순 없죠 암요. 글쎄 그런 걱정은 안 하셔도 된다니까 그러시네.

여자(소리) 낮도 많이 가려요 우리 연희가.

준철(소리) 처음에 좀 시끄럽긴 하더만. 아줌마, 키울 거면 제대로 교육 좀 시키쇼 거. 주위에서 뭐라 안 하나. 이뻐하기만 하면 다냐구. 욕먹는 생각은 안 하구. 지금은 얌전해졌으니 걱정 마세요. 이 짓도 경력이라 별 재주가 다 생겼어 내가. 혹시 뭐 필요한 거 있음 얘기해요. 내 서비스로 해드릴게.

여자(소리) (울며불며) 아니에요. 제발 얌전히 그대로 돌려보내만 줘요.

준철(소리) 서비스로 해준다니까 그러네. 뭐, 서로 피곤하니까 빨리 끝내자구요. 알았죠? 일단, 경찰에 알리면 안 된다는 거쯤은 말 안 해도 아실 테고.

2. 준철의 방

멀리서 큰개 짖는 소리 들려오면서 서서히 조명이 들어온다.

무대는 준철의 방.

뒤돌아 앉아 있는 준철이 보인다. 점점 미친 사람처럼 웃음소리 커지면서 뒤로 자빠진다.

준철 이 자식아 그만해. 에휴, 이 형님은 일이나 찾아봐야겠다.

트레이닝 복 차림의 준철, 컴퓨터를 뒤적인다.

준철 일자리는 많은데 내가 갈 곳은 없구나. 뭔 천지가 다 경력직이야. 누구는 뭐 경력 쌓기 싫어서 안 쌓았나. 누군 뭐 일하기 싫어서 이러고 있냐고, 아 자리가 있어야지 자리가. 4년제 나와도 갈 데가 없구나. 창업을 할 수도 없고. 희망도 꿈도 없는 세상이로구나. (걸 그룹 브로마이드를 보고) 그래도 오빠가 열심히 해볼게. 포기하지 말자. 다시 시작이다. 시작. 공무원만이 살 길이다. 나의 노후를 책임져 줄 공무원 시험. 진부하지만 변하지 않는 말.(머리띠를 두르며) 하면 된다.

TV에서는 뉴스를 전하는 앵커의 목소리가 조그맣게 들려오고 있다.
다시 바깥쪽에서 개 짖는 소리가 들려온다.

준철 집중하자, 집중,

개 짖는 소리가 계속 들린다.

준철 아, 이 노무 개새끼. 꼭 공부 좀 하려면 저런다니까.

준철, 신경질적으로 박차고 일어나더니 밖으로 나간다.

준철(소리) 왜? 왜? 왜 이렇게 짖는 거야? 이 자식아 …….

이내, 퍽 하는 둔탁한 소음과 함께 개가 깨갱거리며 울부짖는 소리가 들려온다.

주인(소리) 이봐, 준철씨. 왜 남의 개를 괴롭혀.
준철(소리) 계셨어요?
주인(소리) 왜 애꿎은 남의 개는 맨날 발로 차고 그래. 아휴, 못난 인사는 원래 개도 알아보는 법이야. 답답하지도 않어. 집에서 그러고 뒹굴 거릴 시간 있으면 나가 일이나 찾아 봐. 아, 내달에도 월세 밀리면 나갈 각오해.

준철 (기어들어가는 소리) 죄송합니다. 저도 알아보고 있어요. (방으로 들어온다) 꼴같잖은 집 한 채 갖고 드럽게 생색은 ……. 아나, 줘도 안 가져 줘도. 누군 뭐 일하기 싫어서 이러고 있나. 아, 자리가 있어야 하지 자리가.

이래봬도 어디 가서 명함 한 장 내밀 정돈 되는 학교의 대졸잔데 아무 일이나 할 수 있어?

(컴퓨터 뒤적인다) 그나마도 맨 언제 짤릴지도 모르는 계약직 아니면 수습에, 월급이라고 받는 것도 겨우 목구멍에 풀칠이나 하게끔들 주니 일할 맛이 나냐고 일할 맛이 에잇. (드러눕는다) 노량진 바닥에서 몇 년째냐. 이게. 등록금 갚느라 알바로 20대 다 보내고 머리가 돌아가냐고.

이때, 무대 뒤 TV박스로 조명이 들어온다.

박스 안에서 앵커가 아동 유괴에 관한 뉴스를 보도한다.

앵커 다음 소식입니다. 지난 10월 7일 학교에서 돌아오던 중 유괴를 당한 이모양의 유괴범인 김모씨가 어제 저녁 출동한 경찰에 의해 붙잡혔다고 합니다. 이양의 아버지 이씨가 범인 김씨와 접선하기 위해 약속된 장소로 향하던 중 출동한 경찰에 의해 붙잡힌 김씨는 당시 하교 중이던 이양을 유괴, 돈을 요구해오며 장장 6개월간 사건을 끌어왔는데요. 이 또한 처음이 아닌

것으로 밝혀져 세간에 충격을 더하고 있습니다. 총 10여 차례에 걸쳐 주로 상류층 인사들의 자녀만을 노려 유괴한 뒤 금품을 요구해 온 김씨는 국적이 중국으로 되어 있는 등의 수사 상 허점을 이용, 그동안 용의주도한 도피 행각을 벌여왔는데요. 더욱이 공권력에 의지하는 것보다는 돈을 내주는 쪽을 더 쉽게 생각하고 신뢰하는 상류층 인사의 자녀를 타깃으로 한 것이 그동안 사건 은폐에 주요 요인이었다고 합니다. 이번에 유괴 당한 이양만이 범인의 실수로 잘못 유괴 당한 평범한 중산층 가정의 자녀로 부모가 거액의 요구사항을 들어주지 못해 경찰에 신고한 것이 사건 해결의 열쇠가 되었다고 합니다. 신고만이 제 3의 희생을 막는 길임을 다시 한번 일깨워주는 사건이라 아니할 수 없겠습니다. 다음 소식입니다. 정부에서 앞으로 5년간 일자리 정책 로드맵을 발표했습니다. 출범 전부터 일자리 정부를 자임해 온 만큼 구체적인 일정표를 만들어 챙기겠다는 건데요. 정부는 그간 공공부문만 강조되던 일자리 대책을 민간에 주력하겠다고 밝혔습니다. 한편 한 번도 취업을 해보지 못한 20대 실업자 비중이 5년간 꾸준히 상승하여 역대 최고를 기록했다는 소식입니다. 통계청에 따르면 20대 실업자는 39만 명이며, 이 가운데 취업 무경험 실업자는 7만 2천 명으로…… 무엇이 문제일까요.

TV 박스에 조명 꺼진다.

강아지 낑낑거리는 소리 들려온다.

준철 옆에 있던 양말을 말아 던져준다.

준철 자식, 잘 갖고 노네. 에헤, 또 물고 뛴다. 앉아. 앉아. 앉으라고. 엎드려. 그렇지. 빵! 아 짜식 놀아달라는 거냐.

준철, 양말을 던져주고는 다시 컴퓨터를 뒤적인다.

강아지 낑낑거린다.

준철 배고프냐.

밖으로 나가는 준철. 개 짖는 소리 들려온다.

준철 개 사료를 한가득 들고 들어온다.

주인(소리) 너는 왜 자꾸 짖는 거야. 확 보신탕집에 팔아 버린다. 집이나 지키라고 갖다 놨더니. 동네 창피해서 원.

준철이 살금살금 개 사료가 든 그릇을 방 한쪽 구석에 놓아둔다.

그리고는 흐뭇하게 바라보는 준철.

이내 다시 컴퓨터 앞에 앉는 준철.

사이, 뭔가를 발견하곤 화들짝 놀라 뚫어지게 본다.

흥분한 준철이 읽기 시작한다.

준철 개를 찾습니다. 이름 쫑이. 종류는 흰색 말티즈. 특징 몇 년 동안 손질해온 고고한 긴 털이 온몸을 덮고 있음. 아니 털 없는 개도 있나. 내 참, 고고한 털은 또 뭐야. 털이 고고해, 개털이? (다시 컴퓨터에 코 박고) 매일 매일 트리트먼트 해주는 고급 견임. 개가 나보다 낫네. 근데 이거 진짜 맞는 거 아냐?

(순간, 방안 한구석에서 강아지 소리가 나고 준철이 소리 난 쪽을 응시한다) 어디 보자. 비슷한 거 같기도 하고 ……. 개가 다 비슷비슷하니까 뭐 알 수가 있나. 길에 돌아다니는 거 한번 길러 볼까 하고 데려왔더니 어쩐다.

(다시 읽는다) 세상에 단 하나뿐인 가족입니다. (순간 훌쩍이는 준철, 다음 문장에 점점 표정이 달라진다) 찾아주신 분에게는 후히 사례하겠으니 꼭 연락 주십시오. 어, 이건 또 뭐야. 잘하면 공돈 생기는 거 아냐. 자, 그럼 확인 먼저. (강아지를 향해) 야, 쫑. 쫑쫑.

(강아지 짖는 소리) 오, 꼬리까지 치고 니가 쫑이냐. 야, 이럼 달라지지. 얼마나 줄래나. 주은 돈도 사례금으로 40프로는 떼 주는 법인데 적어도 개 값은 쳐주겠지. 요즘 개 값이 얼마나 하나. 적어도 삼, 사십은 나가겠지. 그래, 쫑아 너도 주인한테 가는 게 좋지. 그치?

준철, 전화기를 가져와 컴퓨터에 적힌 번호를 보고 누른다.

전화벨 소리 들리면 무대 한편으로 전화 받는 수연의 모습이 보인다.

수연 여보세요.

준철 여보세요.

수연 누구세요.

준철 저기, 강아지 잃어버리셨다고 인터넷에 올리셨죠?

수연 우리 쫑이요? 지금 우리 쫑이 데리고 계신 거예요?

준철 아, 예. 잘 데리고 있습니다. 저, 근데 사례비?

수연 며칠 정도 데리고 계셨는데요? 그동안 들어간 비용은 제가 다 드릴게요.

준철 (뭔가 아니다 싶어) 비용이요?

수연 잃어버린 지 4일 됐는데 그동안 계속 데리고 계신 건가요? 감사합니다. 정말 감사합니다.

준철 저, 그게 아니라 저 …….(이건 아니지 싶어 전화기를 내려놓으며) 뭐야, 사례를 한다더니 비용을 대겠다고? 뭐, 개 밥값이라도 주겠다는 거야 뭐야. 이런 진실되지 못한 사람 같으니라고. 사람을 믿은 내가 바보지. (강아지가 낑낑거리며 운다) 그래, 니가 무슨 죄냐. 짠순이 주인 만난 게 죄지. (잠시, 생각 뒤) 기다려라. 주인 찾아 주마.

다시 전화 거는 준철.

짧은 벨소리.

딸깍하는 소리와 함께 조금 전과 같이 전화 받는 수연 보인다.

수연 아저씨 뭐예요.

준철 뭐냐니요. 사람 말을 끊지 말고 들어요. 그러니까 쫑이가 비 오는데 여기저기 다니고 있길래.

수연 설마 우리 쫑이 유괴한 거야. 그런 거야?

준철 유괴요?

수연 어떻게 사람 할 짓이 없어 개를 유괴해요? 얼마면 돼요? 얼마가 필요하냐구요. 이 개만도 못한 자식아.

황급히 전화를 끊는 준철.

잠시 동안 놀란 가슴을 쓸어내린다.

준철 뭐야, 졸지에 나 유괴범 된 거야? 기가 막혀서 내가 진짜. (전화기 집어던지려다 선뜻) 아니, 아니지. 돈을 준다잖아. 그것도 달라는 대로……. 또 전화해 봤자 날 어차피 개 유괴범이라고 할 테고 어린애도 아니고 갠데 뭐 어때. 안 돼! 생명을 가지고 그런 일을 하면 안 돼. 마음에 착함을 장착하고 어서 개를 주인에게 돌려줘. 아냐, 넌 지금 돈이 필요해. 월세는 어쩔 거야? 아아아아!!!! 그래 결심했어! 좋아. 잠깐 파렴치한 인간 되지 뭐. 까짓거, 돈이 생긴다는데 무슨 상관이야. 기다려 봐라. 니 주인한테 다시 전화 걸어 보마. (전화 건다) 얼마를 달라고 해야 되나. 백? 이백? 한 삼백쯤 불러 봐. 월세 밀린 게 얼마더라.

짧은 벨 소리 후 '딸깍'하는 수신음 들려온다.

또다시 무대 한편으로 흥분한 모습의 수연 나타난다.

수연 (거의 폭발 직전의 히스테릭한 목소리로) 당신 장난쳐. 당신 뭐야. 당신 정말 우리 쫑이 데리고 있기나 한 거야.

준철, 강아지 쪽으로 양말을 집어던진다.

강아지 소리 들린다.

수연 쫑아! (울먹이며) 아저씨, 내가 아저씨 말 다 들어드릴게요. 제발 우리 쫑이만, 우리 쫑이만 살려줘요. 네, 아저씨.

준철 (목소리 가다듬고) 지금부터 내가 하는 말 잘 들어. 그게 쫑이를 살리는 유일한 길이니까. 우선 경찰한테 절대로 알려선 안 돼. 내가 누군지도 알려고 하지 마. 그건 유괴범을 대하는 아주 기초적인 수칙이니까. 명심하도록 해. 어떤 방법도 용납하지 않겠어. 알겠어?

수연 네.

준철 허튼 짓 했다간 알지? 쫑이는 그날로 쫑나는 거야. 개를 잡을 때 어떻게 잡는 줄 알아. 나무에 매달아놓고 숨 끊어질 때까지 두드려 패. 몽둥이로 하루 종일. 한 사람이 안 되면 두 사람, 세 사람이 돌아가면서 그러고 팬다구. 그래야만 살이 연해져서 더 맛있거든. 잘하면 그대로 털도 끄슬려.

수연 (거의 혼절할 지경으로) 너무 잔인해요. 아 …… 아저씨. 제발이요. 우리 쫑이 살려주세요. 하라는 대로 다 할 테니 제발요.

준철 좋아 좋아, 시키는 대로만 하면 아무 일 없을 테니 너무 걱정 말고. 자 그럼 본론으로 들어가 볼까. 우선 돈에 대한 협상이 있어야겠지. 미안한 얘기지만 저 개 살 때 얼마나 줬나? 내가 요즘 시세를 몰라서.

수연 칠십이요.

준철 (수화기 막고) 헉, 완전 개 값이 금값이네. 그 돈이면 일단 밀린

월세는 낼 수 있겠네. (수화기를 잡고) 음, 생각보다 적군. 내 그 돈에 딱 세 배를 부르지. 이백, 이백이야. 괜찮지? 그래도 아가씨 봐서 5프로 디씨 해준거야. 그 이하는 절대 안 돼. 그럼 자 어디로 넣느냐가 문젠데. 간단하게 그냥 통장으로 하지.
(통장을 찾아 헤매다 통장을 찾고) 국일은행 일이삼에 사오육 칠팔구. 이건 절대 내 통장이 아니야. 대포통장이지. 대포통장 알지? 그러니까 추적할 생각은 하지도 마. 돈 입금 확인 즉시 접선장소를 알려주겠다. 그럼 수고.

수연 저, 아저씨 아저씨 …….

준철, 수화기를 내려놓으며 한숨을 쉰다.
수연 쪽 조명 꺼지며 사라진다.
가슴을 쓸어내리며 기진맥진해져 그 자리에 그대로 쓰러지는 준철.

준철 나 이런 쪽에 재능이 있나. 오, 생각보다 잘하는데. 아주 침착하게 잘했어. 근데 통장이 문제네. 정말 대포통장이라도 하나 만들어놔야 되는 거 아냐. 다음에 실수하지 않게. (웃음) 다음은 또 뭔 다음. 정말 개 유괴라도 할 거처럼. 아니지 개 한 마리당 이백만 받아도 다섯 마리면 천 아냐. 이거, 이거 괜찮네. 거기다가 진짜 좀 있는 집 개 같으면 더 많이 받을 수도 있을 거고, 티브이에 나오는 유명한 개들은 몸값만 해도 장난이 아니라던데, 진짜 확 이쪽으로 취업을 해. 어린애 유괴하는 것도 아닌데 죄책감 가질 필요도 없고 누가 개 유괴범 따위를 신경 쓰겠어. 안 그래? 그래, 좋았어. 난 이제부터 개 유괴범이다!

(들고 있던 통장을 보고)아무래도 통장은 위험해.

암전

3. 경찰서

경찰서 옆, 자동화 기기에다 돈을 입금하는 수연.

수연, 돈을 입금하고 돌아서려다 경찰서를 발견하고는 주춤주춤 망설이다 결국 결심이 선 듯 경찰서 안으로 들어선다.

소리만으로도 조금은 분주한 듯 보이는 경찰서 안.

수연, 경찰관에게 다가간다.

수연 저…….

경찰관 (컴퓨터 자판을 두드리며) 무슨 일로 오셨습니까?

수연 저, 우리 집 개가…….

경찰관 개 잃어버리셨어요? 그럼 유기견 보호소나 구조공단 같은 데로 가보세요.

수연 (경찰관 귀에 속삭인다) 저, 그게 아니라 위험에 빠져 있어서요. 어떤 남자가…….

경찰관 그런 건 119에 전화하셔야죠. 전화하면 바로 도와드릴 겁니다.

수연 (소리친다) 그게 아니라요. 우리 개가 유괴를 당했어요 유괴요.

경찰관 아, 아직도 개 도둑이 있어. (귀찮다는 듯 서류 하나를 던져주고는 다시 자판을 두드린다) 거기 개 종류랑 털 색깔, 나이, 미용 상태, 언제 도둑맞았는지 이런 것들 자세히 써주세요. 접수 시켜드릴 테니까.

수연 개 도둑이 아니라 유괴요. 훔쳐간 게 아니라 끌려갔다니까요.

경찰관 (짜증스레 수연을 보며) 아, 이 아가씨. 그냥 거기 쓰세요. (다시 자판 치며) 개를 가족처럼 생각하는 건 알겠는데 무슨 개가 유괴를 당해요 예. 개가 사람이야. 말이 되는 소릴 해야지.

수연 왜 사람 말을 못 믿어요. 유괴 당했으니까 유괴 당했다고 하지. 괜히 이래요?

경찰관 무슨 원한 산 거 있어요? 아파트에서 너무 시끄럽게 한 거 아냐? 개 키우는 사람이야 귀여워서 키운다지만 시도 때도 없이 짖어대면 옆집에선 미친다구요. 요즘처럼 삭막한 세상엔 그저 서로 피해 안 주는 게 상책이에요.

수연 그런 거 아니에요. 아, 유괴라니까 왜 이렇게 제 말을 못 믿으세요. 유괴라구요 유괴. 전화도 왔어요 어제.

경찰관 (짜증스레 수연을 보고) 전화가 와요? 전화해서 뭐랍디까? 한 돈 천 달랍디까?

수연 그건 아니지만…….

경찰관 안 그래도 유괴범 못 잡은 거 땜에 골치 아파 죽겠구만. 이봐요 아가씨, 거기 그냥 쓰고 가세요. 우리가 알아서 찾아드릴 테니까요.

수연, 볼펜을 들고는 한동안 쓸까 말까 망설이다 자포자기의 심정이 되어 몇 자 적어보다 이내 팽개치고 그냥 경찰서를 나온다.

이때, 수연의 핸드폰 벨 울린다.

무대 한편으로 공중전화 부스에서 전화하는 준철의 모습이 보인다.

수연 여보세요.

준철 (코 막고 변조된 목소리로) 돈은 잘 받았다.

수연 우리 쫑이는 무사한 거죠?

준철 글쎄 걱정하지 말라니까. 내가 안 쓰던 트리트먼트까지 사다가 고이 털까지 씻겨줬으니…….

수연 (놀라) 네? 설마 사람이 쓰는 걸로 한 건 아니죠?

준철 샴푸에도 사람 거 개 거 따로 있나?

수연 난 몰라. 왜 쓸데없는 짓을 하고 그래요. 사람 거 쓰면 피부 안 좋아진다구요. 피부병 생기면 아저씨가 책임지세요.

준철 살다 살다 별 ……. 됐어 됐고. 경찰에는 알리지 않았겠지.

수연 네.

준철 정말이지?

수연 아, 누가 믿어주기나 한대요. 개가 유괴를 당했다니 지나가던 개가 웃을 얘기지 참 나.

준철 좋아, 그럼 지금부터 접선 장소를 알려주겠다. 잘 들어. 2호선 삼성역 알지?

수연 네. 근데 거긴 너무 복잡하지 않아요?

준철 원래 접선 장소는 다 그렇게 복잡한 거야. 영화도 안 봤어? 아, 거 참 토 좀 달지 마. 자, 계속한다.

수연 네. 저기, 잠시만요. (수첩을 꺼내 받아 적기 시작한다) 됐어요. 말하세요.

준철 삼성역 3번 출구로 올라와. 올라와서 뒤로 좀 빠져. 그리고 바로 길가 큰 건물을 끼고 꺾으면 차도가 보일 거야. 그 차도로 쭉 따라가다 보면 주유소가 하나 있어. 그 주유소 골목으로 올라와.

수연 거기가 어딘데요? 너무 복잡해서 ……. 자세히 좀 알려주세요.

준철 거기 보면 학교가 있을 거야. 그 학교 운동장에 쫑이를 묶어 놨으니 빨리 가보는 게 좋을 거야.

수연 이러는 게 어딨어요. 그렇게 아무 데나 묶어 놓으면 어떡해요.

준철 글쎄 누가 또 집어갈 일은 없을 테니 걱정 말고 빨리 가봐.

수연 젠장 이 썩을 놈아!

핸드폰 끊고 허겁지겁 달려 나가는 수연.

공중전화 부스에서 전화를 끊고는 여유롭게 돈을 세면서 나오는 준철의 모습이 대조적이다.

암전.

불이 다시 들어오면 한 달 후, 매우 소란스러운 경찰서 안이다.

경찰관은 연이어 전화를 받느라 정신이 없다.

전화 받는 경찰관 뒤로 때때로 벽을 타거나 개를 안고 도망가는 준철의 모습이 보인다. 간헐적으로 개 주인들의 비명소리도 들려온다.

경찰관 여보세요. 네, 네, 아니 글쎄요 저희도 지금 그 개 도둑인지 소

도둑인지 땜에 관할서 업무가 전부 마비 상태입니다. 네 네. 유괴죠 그렇죠. 유괴죠. 아니 무슨 개를 유괴하냐고요 글쎄. 환장해.

전화 끊자 이내 다시 울리는 벨 소리.
또 왔냐는 듯 짜증 섞인 표정으로 전화기를 잠시 바라보다 할 수 없다는 자포자기의 심정으로 전화기를 든다.
이후로 나타나는 모든 전화 상대의 모습은 직접 보이건, 보이진 않고 그냥 소리로만 들려오건 상관없다.

경찰관 강남섭니다.

개주인 저, 누리 엄만데요.

경찰관 아, 누리요. 계속 수사하고 있습니다. 걱정하지 마시고 조금만 기다리십시오.

개주인 우리 누리 무사하겠죠?

경찰관 아, 예 그럼요. 여태 유괴 당해서 잘못된 강아지는 한 마리도 없었습니 다. 걱정 마십시오.

개주인 영화랑 드라마 스케줄 잡아 논 게 있어서요. 우리 누리 없으면 안 되는데……. 제발 부탁드려요. 빨리 좀 찾아 주세요. 이러다간 다른 개로 대체하게 생겼다구요.

경찰관 저희도 정말이지 빨리 찾고 싶습니다. 이 개 도둑, 아니 유괴범이요. 빨리 잡아서 아주 족을 쳐놔야지.

전화, 끊긴다.

경찰관이 전화 내려놓자마자 다시 울리는 전화벨.

정팔 아이고 경찰양반. 아니 우리 개가 없어졌네요. 아, 글쎄 마당에 묶어 논 게 눈 깜빡할 사이에 사라졌어요. 귀신이 곡할 노릇이네. 발정이 났나.

경찰관 요즘 개 도둑이 극성입니다.

정팔 개 도둑이요?

경찰관 네. 뭐, 유괴라고는 하는데 말이 유괴지 어떤 미친놈이 개를 유괴하겠어요. 그냥 도둑이지. 저, 개 종류랑 특징 같은 거 말씀하시구요. 댁 주소랑 전화번호 말씀하시면 접수해드리겠습니다.

정팔 아이고, 그 테레비서만 보던 개 유괴범이 진짜였구만. 이를 어쩐데. 우리 개는 보통 개가 아뇨. 진돗개 최상품이란 말요. 혈통서도 있어. 그거 받느라 얼마나 고생을 했는데 아이고 ……. 아니, 아니네 아녀. 그나마 도둑이 아니라 다행이구만. 유괴범이면 전화가 올 거 아닌감.

경찰관 아직 전화 못 받으셨습니까?

정팔 그런디요.

경찰관 아, 그렇담 수사에 진전이 생기겠습니다. 저, 주소가 어떻게 되십니까. 저희가 당장 출동하겠습니다. (메모한다) 네, 네, 네. 아, 그럼 바로 출발할 거니까요 전화 와도 받지 마시구요. 핸드폰도 저희 번호만 받으십시오. 다른 전화는 일체 받으시면 안 됩니다.

다른 전화벨 울린다.

경찰관, 벨 울린 전화 수화기를 든다.

경찰관 조금만 기다리십시오. 가서 연락드리겠습니다. (통화하던 수화기를 내려놓고) 강남섭니다.

사모님 이거 봐요. 아니, 우리 메리 유괴 당한 지가 언젠데 여태 소식이 없어. 불안해서 돈부터 주던가 해야지. 당신들 믿고 기다리겠어 어디. 우리 메리가 어떤 강아진데. 영국 푸들 학회에서 인정하는 순수 혈통 백 퍼센트, 절대 섞이지 않은 순수 혈통의 전통 있는 로열티가의 적통이란 말이야. 어서 찾아내. 찾아내라구.

경찰관 아, 예. 저 저희도 지금 최선을 다하고 있습니다. 조금만 기다리시면 저희가 연락드리겠습니다. 조금만 참고 기다리십시오.

사모님 아니, 글쎄 그 조금만 조금만이 언제냐구. 내가 누군 줄 알아! 경찰청장 내 말 한마디면 모가지 날아가게 할 수도 있어. 당신들 계속 이런 식이 면 직무유기로 전부 고소할 줄 알아!

경찰관 사모님, 사모님, 사모님!

전화 끊긴 신호음만 들려온다.

경찰관, 녹음기 등을 챙기다 갑자기 서류들을 뒤적이다 전단지 한 장을 발견한다. 쫑이를 찾는 전단지다.

경찰관 아차차.

경찰, 서류 더미 속에서 간신히 발견한 수연의 연락처를 들고 경찰서를 나선다. TV 프레임으로 앵커 등장한다.

앵커 공무원 시험에 떨어졌습니다. 그러나 도저히 가족들에게 떨어졌다고 얘기할 수 없었습니다. 그는 가족들을 속인 채 1년간 출퇴근까지 했습니다.

월급은 빚을 냈습니다. 이천만 원. 이 청년은 끝내 스스로 목숨을 끊었습니다.

리포터 오랜만에 좋은 소식 하나 전합니다. 이름을 밝히지 않은 남성이 고아원과 요양원에 큰돈을 기부한 사실이 밝혀졌습니다.

암전

4. 수연의 집 앞

경찰관이 수연의 집 앞으로 다가온다.

경찰관 (벨을 누른다) 이수연씨, 집에 계십니까.

수연 (문을 열고 나온다) 누구시죠?

경찰관 왜 그때 개 유괴 당했다고 경찰서 왔었죠?

수연 아, 그 사람 말 못 믿던 경찰관 아저씨.

경찰서 그 뒤로 내가 얼마나 고생을 하는지 알아요. 뭔 개가 그렇게 동시다발로 유괴를 당해. 아주 유괴 소리만 나도 치가 떨려 이제.

수연 그러게 누가 사람 말 무시하래요. 그때 잡았으면 이렇게 고생 안 했을 거 아녜요.

경찰관 개는 찾았어요?

수연 찾았죠 그럼. 그때가 언젠데…….

경찰관 개가 유괴를 당한다는 게 말이 돼. 난 지금도 그냥 단순 도둑이지 유괴라고 생각 안 해요. 개가 유괴를 당해 개가? 지나가던 개가 웃을 일이지.

수연 수고하세요. 그럼.

수연이 관심 없다는 듯 간단히 목례한 후 들어가려 하자 경찰관, 그녀를 잡는다.

경찰관 어딜 가요. 내가 아는 한 당신이 이 사건 최초의 피해자이고 또 최초의 신고자라구.

수연 그래서요.

경찰관 내가 보기엔 이게 처음부터 계획적인 범행은 아니었지 싶거든. 그러니까 처음에 한번 해보고 할 만하다 싶어지자 일이 점점 커지고 대담해지는 거지. 솔직히 이게 말이 유괴지 개 도둑인 건데 처음부터 무슨 계획 같은 걸 했겠어요.

수연 그래서요.

경찰관 좀 도와줘야겠어요.

수연 뭘요?

경찰관 뭐는? 범인 잡는 거지.

수연 안녕히 가세요.

경찰관 (가려는 수연을 잡고) 아, 왜 그래요. 좀 도와줘요. 지금 그 도둑놈 땜에 아주 보통 난리가 아뇨. 피해자가 계속 늘어간다구요. 빨리 잡지 않으면 온 나라 안 개란 개는 다 유괴 당하게 생겼다니까.

수연 아, 내가 무슨 상관이에요. 이거 놓으세요.

경찰관 진짜 이럴 거요. 사람이 말이야 이러면 안 되지.

수연 난 이백만 원 고스란히 날렸다구요. 그게 어떤 돈인 줄 아세요. 저요 월세 면하고 전세서 살아보겠다구 그러구 아등바등 벌어서 알뜰살뜰 생활비 쪼개고 쪼개 모아둔 돈이었다구요. 그런 돈을 하루아침에 날리고 ……. 그 바람에 그렇게 예뻐하던 개도 꼴 보기 싫어져서 남 줘버리고 말았다구요.

경찰관 이백이요? 지금 그 자식 배포가 세져서 일, 이백은 돈으로도 안 쳐요. 당신 부자 아니지? 지금은 웬만한 부잣집 개나 이름 있는 유명 견 아니면 데려가지도 않는다구. 허긴 그 전서부터 계획적으로 잡아갔으면 당신 개는 안 잡혀갔겠네. (옳다 싶어) 이것 봐, 내 말이 맞잖아. 처음부터 계획적인 게 아니었어.

수연 남들한텐 어떨지 몰라도 이백, 저한텐 무지 큰돈이에요. 그럼 안녕히 가세요. (들어가려 한다.)

경찰관 어딜 갑니까. 자꾸 이러면 공무집행 방해로 (수갑 꺼내 보이며) 체포할 겁니다. 자 갑시다. 당신 때문에 신고자 눈 빠지겠어.

경찰관, 수연의 손목을 잡고 나간다.

5. 준철의 방

준철의 방.

처음과 달리 방안 여기저기 신문지가 깔려 있고 꽤나 지저분한 모습이다.

방 한구석에는 개 사료가 한가득 쌓여 있다.

굴러다니는 개 장난감에 뭉텅이, 뭉텅이 쌓여 있는 개털까지 완전 개집이 따로 없다.

여러 마리의 개 짖는 소리가 소란스럽게 들려온다.

주인(소리) 이거 봐, 준철씨. 아니 남의 집에 살면서 개를 몇 마리나 키우는 거야. 동네 창피해서 살 수가 없어. 혹시 개장사라도 해? 개들을 조용히나 시키던가.

준철(소리) 죄송합니다. 조용히 시킬게요.

주인(소리) 언제부터 개를 좋아했다고 개를 저렇게 많이 키운데, 참 나.

준철, 방으로 들어온다.

준철 이거야 원, 돈 한번 벌려다 사람 죽겠네. 시끄러 이것들아! 싹 갖다 된장 바르기 전에 조용히 못 해. (개 짖는 소리 더 커진다) 아, 정말 사람 할 짓이 아니지. 말도 안 통하는 것들 데려다 내가 뭐 하는 거야.
(작대기 찾아 들고 개들을 위협하며) 조용히 하지 못해! 니들 어차피 주인이 돈 주고 찾아가지 않는 이상 어쩔 수 없어. 알겠어. 그러니까 조용히 처있어. (개 짖는 소리 차츰 잦아든다.) 아 씨, 그러고 보니 안 찾아간 개가 벌써 몇 마리야. (한 마리씩 세며) 뚱이, 메리, 짱이 이름도 헷갈려 이름도 참 나. 꽁지, 누리. 뭐야, 열 마리나 돼. 가족이네 뭐네 울고불고 난리를 치더니 역시 돈 앞에선 가족이고 뭐고 없는 건가. 참 사람들 무섭다. 무서워. 허긴 유기견 생기는 거 봐. 귀엽다고 물고 빨고 키우다가도 병들고 귀찮아지면 그냥 버려대니들……. 개로 안 태어나길 천만다행이지. 나 같은 놈 개로 태어났으면 재주 없고 혈통 없을 거 안 봐도 뻔한데. (골몰하다) 아니야, 내가 너무 많이 불렀나. 처음엔 이백으로 시작했는데 말이야. 그래도 그 정도 집에서 그 돈 못 해 주겠어. 끽해야 오백인데……. 가족이 아니었던 거지. 에구 불쌍한 것들. 그래도 할 수 없다. 저것들을 어떻게 처분한다. 개장수한테 팔아도 얼마 못 받을 텐데. 그냥 개고기 집에 바로 넘겨버릴까. 이 집도 너무 좁고 주인아줌마 눈치도 보이고……. 뭐 돈도 모을 만큼 모았겠다. 이참에 집을 사서 나가던가 해야지. 여기도 이제 위험해. 벌써 주인아줌마 눈치도 이상하

고, 꼬리가 길면 잡히지 않겠어.

TV 박스로 조명 들어오면 토론회를 한다.

범죄 심리학박사와 앵커, 애니멀 커뮤니케이터가 삼각구도로 앉아 있다.

요란한 시작음이 들려오다 차츰 잦아든다.

앵커 시청자 여러분 안녕하십니까. 오늘은 좀처럼 해결되지 않고 있는 개 유괴 사건에 대해 알아보도록 하겠습니다. 먼저 범죄 심리학자 표창해 박사님 나오셨습니다. 그리고 애니멀 커뮤니케이터 애니 선생님 나오셨습니다. 먼저, 왜 이런 일이 벌어지고 있다고 생각하십니까.

표창해 대체로 이런 유형의 범죄자들은 머리가 아주 비상하다고 할 수 있습니다. 주로 화이트칼라 범죄자들이 사람들의 심리를 이용하는 수법을 많이 사용하는데요. 아주 멀끔한 회사의 직장인이거나 그에 상응하는 전문직종의 사람일 가능성이 높습니다.

앵커 그런 사람이 왜 이런 잔혹한 범죄를 저지르는 것일까요.

표창해 흔히 사이코패스보다 소시오패스들이 보여주는 범죄 형태라고 할 수 있죠. 그런 사람들은 어려서부터 자신의 욕망을 억누르고 살아왔을 가능성이 매우 높습니다. 집안도 매우 좋고 학벌도 좋아서 사회적 위치도 어느 정도 있을 것입니다. 그 사회적 위치까지 오르는 동안 주위 사람들에 의해 통제된 생활을 해왔기 때문에 생활 패턴이 일정하고 자기 통제 능력도 매우 강할 것으로 생각됩니다. 하지만 거세되었다고 생각했던 욕망이 표출될 때, 보통 동물로부터 시작하게 되는 것입니다.

앵커 그렇다면 지금 심리 상태가 어느 정도까지 왔다고 보십니까.

표창해 조금 있으면 개를 죽이거나 이미 죽였을 가능성도 배제할 수 없습니다. 동시다발적으로 일어나는 것으로 봤을 때 개를 이용한 범죄 행각에 점차 싫증을 느끼고 있다고 봅니다. 다음 타깃은 사람이 될 수도 있습니다.

앵커 어허, 그럼 위험한 상황 아닙니까.

표창해 그렇다고 할 수 있죠.

앵커 오늘 특별히 찾아주셨는데요. 국내에 몇 안 되는 애니멀 커뮤니케이터로서 지금 유괴된 동물들의 상태가 어떻다고 보십니까.

애니 저는 주로 동물들의 눈을 보고 심리 상태를 파악하는데요. 사라지거나 죽은 동물들은 사진을 보고 마음을 읽습니다.
(개 사진들 쭉 늘어놓는다. 그 중 하나를 짚는다) 이 아이는 기운이 느껴지지 않아요. 안쓰럽게도 벌써 죽었을 가능성이 높습니다. (다른 사진을 들고) 어, 이 아이는 주인을 매우 그리워하고 있어요. 죽기 싫다고 하네요. 빨리 가족에게 돌아가게 해달라고 애원하네요. 고통이 느껴져요. (흐느껴 운다.)
매우 아파하고 있어요. 평소에 지병이 있었던 것도 같네요. 어, 계속 고통스러워해요. 가족에게 돌아가 …….

애니, 혼절한다.

애니와 표창해 사라진다.

앵커 다음 소식입니다. 강남 일대에서 벌어지고 있는 개 유괴 사건이 어제 또 일어났다고 합니다.

준철, 리모컨을 들어 tv 소리를 크게 키운다.

앵커 일명 귀족 개 유괴 사건으로 알려진 이번 사건은 주로 강남 일대의 부자 애견인들을 대상으로 발생해 오고 있었는데요. 육 개월째 범인에 대한 윤곽조차 잡히지 않아 관할 경찰서가 초비상이라고 합니다. 특히 가족처럼 지내오던 애견을 유괴, 금품을 요구하는 등의 악질성을 보여 많은 애견인들의 분노를 사고 있습니다.

경찰관과 수연이 애견 카페에 다정히 앉아 있는 모습이 보인다.
경찰관과 수연은 여전히 수갑을 함께 차고 있다.

경찰관 (놀라서 벌떡 일어나) 애견 카페에 비슷한 개가 있다는 소식을 접하고 탐문 조사 중이었습니다. 찾아가지 않은 개를 처분하기에 딱 좋은 장소라고 생각됩니다. (옆에서 수연, 배시시 웃는다) 혹시 개 도둑, 아니 개 유괴범을 보시거나 유괴 장면을 목격하신 분은 강남서로 연락 주시기 바랍니다.

애견인 (목소리 변조) 저는 부자는 아니지만 그런 놈들 보면 정말 때려죽이고 싶어요. 어떻게 말 못 하는 짐승을 그렇게 끌어갈 수가 있어요. 그건 정말 사람이 할 짓이 아니죠. 그리고 애견은 이미 가족 같은 존재 아닌가요. 가족을 유괴해서 돈을 요구한다는 건 파렴치한 짓이죠. 가족을 유괴했다는데 그깟 돈 못 주겠어요. 그런 마음을 이용해서 돈을 번다는 건 정말 나쁜 짓이죠. 전 부자는 아니에요.

목격자 그 사람, 보통 사람이 아니었어요. 신출귀몰하다고 할까. 키도 엄청 크고 호리호리했어요. 분명히 보통 사람은 아니에요.

앵커 범인이 인근 애견들의 사육사항을 모두 꿰고 있는 것을 감안 그동안 강남 일대 애견센터와 동물병원 등을 조사해 오던 경찰은 수사의 별 진전을 보이지 못하고 있는 상황에서 어제 또 이 같은 사건이 발생하자 상당히 당혹해하고 있다고 합니다. 이에 수사 당국은 오는 내주부터 검경 합동 수사본부로 수사를 본격화할 계획이라고 밝혔습니다.

준철 합동 수사본부? 아니 수사할 게 그렇게 없어. 무슨 개 몇 마리 없어진 걸 갖고 일을 그렇게 크게 벌려.

경찰서 모습 보인다. 수연이 통장을 손에 들고 흔들면 경찰이 잡아 컴퓨터에 조회를 한다. 무언가 발견한 듯 두 사람 부둥켜안는다. 갑자기 어색해지는 두 사람. 일시 정지.

앵커 범인은 그동안 개를 훔쳐간 후 전화 한 통으로 접선을 마무리 짓는 등의 치밀함을 보여와 경찰이 좀처럼 수사의 진전을 보이지 못하고 난항을 거듭해 왔는데요. 어제 오후 그동안 알려져 있지 않았던 최초의 피해자가 나와 수사에 활기를 불어넣고 있다는 반가운 소식입니다.

준철 최초의 피해자면…… 이런 씨, 어쩌지 어쩌지 통장, 통장. 아,

통장은 그때 없앴지. 설마 기록에 남아 있거나 한 건 아니겠지. 안 되겠어. 짐부터 싸야겠다.(가방을 꺼내 짐을 대충 싼다) 너무 급하게 일을 하는 게 아니었어. 돈에 눈이 뒤집혀서 ……. 아니, 개를 저렇게 한꺼번에 훔쳐댔으니 합동 수사본부 꾸릴 만도 하지. 참, 저것들을 어떡한다.
(열댓 마리 개 짖는 소리) 조용히 해 이것들아. 저것들을 다 데려갈 수도 없고. 일단 안 찾아간 개들은 그냥 두고 가자. 니들 주인도 버렸는데 낸들 별수 있냐. 어차피 개고기 될 팔자였으면 그냥 이렇게 헤어지는 게 니들한텐 더 나은 일일 거다. 어디 좀 보자. (개들을 둘러보며) 돈 좀 많이 받을 만한 놈으로만 골라서 몇 마리 끌고 가야겠다. 일단, 짐부터 싸고. 돈, 돈, 내가 돈을 어디다 뒀더라. (허둥지둥 짐을 챙기다 맥이 풀려) 이제부터 도망자 신센가. 내가 무슨 그리 큰 죄를 지었다고……. 아니, 개 몇 마리 훔친 걸로 이렇게까지 해야 돼 진짜. 훔쳐놓고 돈을 요구했으니 문제지. 내가 미쳤지 미쳤어. 이게 다 그 여자 때문이야. 아니, 왜 사람을 유괴범으로 몰아가지고 선량한 사람 진짜 유괴범을 만드냔 말야. 그때 순순히 주기로 한 사례금만 줬어도 이렇게까진 안 됐을 거 아니냐구. 이젠 그 여자 땜에 도망자가 되게 생겼으니 도대체 무슨 악연이냐구 이게. 애초에 그 개를 줍는 게 아니었어. 괜히 외로운 마음에 주워온 게 사람 잡네 잡어. 이제 고향에 내려갈 수도 없을 거 아냐. 엄마한테 전화라도 드려야 하나. 아니지. 집에 벌써 경찰이 쫙 깔렸을 수도 있는데 안 되지. (이리저리 집 방향을 찾고는 아무 곳으로나 자리를 잡고 절을 한다) 참나, 무슨 희대의 살인마도 아니고 개 도

둑으로 쫓겨서 고향집도 못 가다니 이게 지금 말이 돼. 미쳤지 미쳤어.

(개들 짖는다) 조용히 하지 못해.

경찰(소리) 여기가 김준철씨 댁 맞습니까?

황급히 문틈으로 밖을 내다보는 준철.

경찰과 수연이 보인다.

주인 김준철씨 댁은 아니고, 여기 방 한 칸 세 들어 사는데 무슨 일로 오셨나.

경찰 아, 네. 다른 게 아니라 김준철씨한테 뭘 좀 확인할 게 있어서요. 댁에 지금 계신가요?

주인 저기 방에 있을 거예요. 밤 낮 개만 껴안고 사니까.

경찰 개요?

주인 아, 글쎄 우리 복돌이는 맨날 발로 툭툭 차기만 하고 예뻐하는 꼴을 못 보겠더니 갑자기 뭔 개를 기른다고 열댓 마리를 한꺼번에 …….

경찰 저, 이 방입니까?

주인 (목청껏) 이봐, 거기 준철씨. 나와 보지. 경찰서에서 왔네.

준철, 재빨리 문을 잠근다.

곧 준철의 방, 방문이 요란하게 흔들린다.

준철, 가방을 챙겨들고 창문으로 나가려 하나 여의치 않다.

안절부절못하는 준철.

경찰 김준철씨, 안에 계십니까. 잠깐 좀 나와 보시죠. 안에 계시는 거 다 압니다. 우리 좋게, 좋게 해결합시다.

주인 뭐여, 무슨 사고 쳤어?

경찰 김준철씨, 이미 정황 확보됐고 증인, 증거품 다 나왔어요. 빠져나갈 구멍이 전혀 없다구요. 그러니까 어서 나오세요.

주인 설마 사람 죽인 건 아니죠? 어이구야 범죄자를 집 안에 두다니 이게 무슨 일이야. 세상 무서워서 참…….

경찰 (문을 부술 듯이 두들기며) 어서 나와 김준철. 동네에 이미 경찰들 쫙 깔렸으니까 도주할 생각 말고, 어!

주인 문 부서지겠어요. 문만 부셔봐 하여튼.

경찰 어서 나와.

준철 (가방을 바닥에 던져놓고) 그래, 까짓 이렇게 된 거 폼 나게 기자회견이나 한번 하고 끝내지 뭐.

준철, 개 한 마리를 집어 든다.

준철 (창문에 대고) 저리 비켜. 여기 이 개가 어떤 갠 줄 알지?
(개를 창문으로 들어 보이며 위협하자 일순 웅성대는 사람들 소리) 그럼 얼마짜린지도 알 거야. 여긴 이렇게 값나가는 개들이 아주 많아. 생명으로 따지자면 물론 훨씬 더 소중한 것들이지. 자, 이 소중한 생명체들을 죽이고 싶지 않다면 지금부터 내 말대로 해.

경찰 이봐 진정하고 무모한 짓 하지 마. 그게 무슨 인질도 아니구.

준철이 흉기로 개를 위협하자 사람들의 비명소리 들려온다.

준철 사람이 아니라 우습게 생각하는 모양인데, 이게 사람이 아니고 개라 나도 죄책감 느끼지 않고 일할 수 있어서 아주 좋았거든.

경찰 진정하고 인질을, 아니 견질을 풀어줘라. 내가 지금 무슨 소릴 하는 거야. 이게 뭐 하자는 거야 대체. 어서 개들을 풀어주고 자수하기 바란다.

준철 자수를 하라고? 내가 무슨 그리 큰일을 저질렀다고 사람을 이 꼴을 만들어 놓고 뭐, 자수를 해?

경찰 그래, 별거 아니니까 자수만 하면 정상참작돼서 형을 줄일 수 있을 거다. 그러니 어서 자수해라.

준철 (개를 다시 들어 보이며) 저 경찰 입 좀 다물라고 해.

수연 아저씨, 제발 자수해요. 저 사람 엄마 불러요. 가족들을 보면 마음이 약해질 거예요.

준철 (개를 다시 들어 보이며) 저 인간들 입 좀 다물라고.

집주인 조용히 좀 해.

준철 더 이상 내 말 무시하면 알지?

준철, 개로 사람들을 위협한다.

경찰 좋다. 요구 사항이 뭔가?

준철 방송국 기자를 불러주기 바란다.

경찰 니미럴, (다급하게) 기자, 기자. (여기자 나온다.) 이런 씨, 여자를 데려오면 어떡해. 여자뿐이야? 나라면 안 들어가겠수. 어떤 변태 똘아인지 알게 뭐야. 김춘철! 기자의 안전은 뭘로 보장하겠나.

준철 내가 아무리 멍청해도 설마 개 때문에 벌어진 일로 사람까지 헤칠 거 같은가. 그냥 하고 싶은 말이 있을 뿐이다.

경찰 나와서 하면 안 되겠나?

준철 (개를 다시 들어 보이며) 정말 일 내는 꼴을 보고 싶나.

경찰 알았다, 알았다. 그럼 개들은 어떡할 셈인가?

준철 좋다. 기자가 들어오고 난 뒤 풀어주겠다.

경찰 이거 괜히 더 위험해지는 거 아냐. 좋다. 하나 둘 셋 한 후 기자를 들여보내겠다. 하나, 둘.

준철, 잠근 문을 재빨리 푼다.

경찰 셋.

문이 열리고 기자가 들어온다.

개 짖는 소리 요란하게 들려온다.

준철 조용히 해 이것들아.

경찰 기자님 무사하시죠?

기자 (불쾌한 듯 코를 찡긋하며) 네.

준철 일단, 한쪽으로 서 계세요.

경찰 자, 다음은 개 차례다. 무슨 일을 이렇게 해. 인질극에서 사람이 들어가고 개가 풀려나는 게 말이 돼.

준철 뒤로 물러나라. 개를 풀어주겠다.

개들을 몰아 밖으로 쫓아내는 준철.

개 짖는 소리 요란하게 들려오다 차츰 잦아든다.

기자 방이 많이 지저분하네요.

준철 그렇죠. 개들하고 지내다 보니.

기자 (녹음기 꺼내들고) 동안일보 백효성 기자입니다. 이렇게까지 일을 벌이신 계기가 뭘까요? 혹시 이 정부에 불만을 품고 계신 겁니까? 왜 이렇게까지 일을 벌이신 건가요?

준철 이 사건은 모두 우연과 오해의 연속이었습니다. 제가 인터넷을 보다 개를 찾는다는 광고를 봤습니다. 사례비를 준다고 써 있더군요. 호기심에 전화를 했습니다. 개주인도 찾아줘야 했구요.

기자 호기심으로 전화를 거셨다구요. 그럼 이 정부가 SNS를 사용하게 해서 당신으로 하여금 호기심을 조장했단 거군요.

준철 쫑이. 이름이 쫑이었어요. 전화를 해서 쫑이를 돌려준다고 하려다 사례비를 물어보려 했는데 저를 유괴범으로 몰더군요.

기자 그럼 쫑이가 이 정부가 낳은 첫 번째 희생견이었군요. 안타깝지 아니할 수 없습니다.

준철 사실 그 개 주인이 사례금을 준다기에 거기 혹한 게 원인이었죠. 사례금 얘기를 하니까 며칠이나 데리고 있었냐면서 그 비용을 대겠다는데 기가 막혀서. 아니, 내가 아무리 없이 살아도 그렇지. 인터넷엔 분명 사례금이라고 써놓고 비용이라뇨. 사실이 다르지 않습니까? 이건 화장실 들어갈 때 하고 나올 때 다르다더니. 전 울컥 화가 났습니다.

기자 울컥 화가 났다, 이번 정부 때문에. 그래서 개를 유괴했다?

준철 어디 취직을 하려고 해도 경력직이나 스펙 좋은 사람만 뽑죠. 이제 대학 나온 것쯤은 스펙도 아니에요. 어디 외국 유학이라도 다녀와야 하죠. 아니면 영어 점수는 기본이라 영어 학원에 처박혀 있어야 해요. 대학 학점, 당연히 바닥이죠. 졸업할 때까지 아르바이트로 생활을 연명했습니다. 이십대를 그렇게 날렸으니 무슨 경력이 있겠으며 무슨 스펙이 있겠습니까. 금수저들이야 등록금 걱정할 이유도 없고 스펙도 자연히 쌓이겠죠. 내가 뼈 빠지게 아르바이트 할 시간에 돈 걱정 없이 영어 공부하고 유학을 갔을 테니까요. 내 이십대가 그렇게 갔습니다. 그리고 노량진에서 공시생으로 5년을 보내고 있습니다. 부모님께도 더 이상 손을 벌릴 수도 없습니다. 월세는 몇 달째 밀려가는데 돈 나올 구멍이라곤 어디서도 찾을 수가 없으니. 이 집에서도 쫓겨날 판이었어요.

기자 정부의 부동산정책이 잘못됐다?

준철 인간에겐 기본권이란 게 있잖습니까. (격분해서) 전 백만의 실업자를 대표한 거뿐입니다. 국가는 청년 실업을 해결해야 합니다. 빈부격차는 날로 심해지고, 저 개들을 보세요. 사람인 저보다 더 나은 삶을 영위하고 있어요. 정부는 이런 상황에 대해서 반드시 각성해야 합니다.

기자 그러니까 현 정부는 각성해야 된다?

준철 모든 것은 자신의 권력을 잘못 이용하는 사람들 때문입니다. 개만 해도 그래요. 가족이네 뭐네 살려 달라 애원할 때는 언제고 그저 돈 얘기만 나오면…….
권력이라는 게 다른 게 아니에요. 저기 저 월세방 하나로 내 목을 조 르는. 셋방 아줌마, 그것도 권력이에요. 각성하라. 각성하라.

순간 불이 꺼지고 사람들이 몰려 들어오는 발자국 소리, 우당탕탕 하고 물건 깨지는 소리, 사람들의 비명소리 등이 섞여 들려온다.
사이. 잠잠해진 무대 뒤로 티브이 프레임 보이고 앵커의 낭랑한 목소리가 울려 퍼진다.

앵커 지난 오후 8시경 자신의 집에서 유괴한 개들을 붙잡고 경찰과 대치하던 35세 김준철씨가 경찰들의 기습 검거로 잡혔다는 소식입니다.

기자 스무 마리 정도의 개들로 방은 사람이 살기 어려울 만큼 매우 지저분했으며 숨을 쉬기 어려울 정도의 악취가 방안에 진동했습니다. 범인은 오래 지속된 실업으로 인해 매우 심한 피해의식에 사로잡혀 있었으며 반정부적인 사상으로 현실을 직시하지 못하는 상태였습니다.

앵커 한동안 개를 유괴해 노량진의 홍길동으로 불리던 김준철씨가 한국미래당 청년 비례대표로 나온다는 소식입니다. 2030의 아픔을 대변하는 대변자로서 김준철씨만큼 적당한 사람이 없다고 생각한 정계에서 그동안 여러 차례 콜이 있었으나 응하지 않았었는데요.

TV 화면으로 양복을 입고 2:8 가르마를 한 준철이 보인다.
플래시 터지는 소리가 들린다.

준철 나와 같이 살겠는가. 나와 함께 집을 사겠는가. 그 꿈에 동반자가 되겠는가. 그대 나와 함께 하겠는가. 청년 여러분 힘냅시다. 같이 해봅시다.
우리의 저력에 자부심을 가집시다. 우리 도전합시다.

멀리서 개가 짖는다.
서서히 암전되면서 개 짖는 소리가 멀리서 들려온다.

막

나무꾼 콤플렉스, 선녀 히스테리

등장인물

난수

경패

사슴

옥제

모친

사냥꾼

영재

아낙1,2

왕자1,2

왕쥐

쥐1,2

천군들

쥐군들

1.

사슴이 죄인처럼 칼을 쓰고 앉아 있다.

무대 뒤, 양끝으로 나무꾼 난수와 선녀 경패가 서 있다.

난수는 온몸이 피투성이다.

옥제(소리) 너는 감히 천기를 누설하여 천계와 인계의 질서를 어지럽혔다.

사슴 인정합니다. 하지만 저, 옥황상제님. 아시다시피 저도 좋은 일 하자고 한 건데 이러시는 건 좀 너무하신 처사라 사려되옵니다. 감히 말씀드리지만 전 그저 선남선녀 만남을 주선해준 거 뿐입니다요. 요즘 결혼 못 한 노총각이 좀 많습니까. 결혼들을 안 해서 동네에 애가 없어요. 더욱이 산골이야 오죽하겠습니까요. 서로 좋자고 하는 일을 이렇게 편파적으로 결론 내리시면 저도 억울합죠.

옥제(소리) 어허, 너 이놈. 네놈이 아직도 네 죄를 깨닫지 못한 게로구나.

사슴 잘못이라니요. 저는 억울합니다. 중신 한번 잘못 했다 이게 무슨 봉변입니까요.

옥제(소리) 뚫린 입이라고 말은 잘하는구나. 네가 행한 그것이 진정 중신이라 할 수 있느냐. 중신을 서려거든 나한테 왔어야지. 일에 순서도 모르는 놈이 무슨 중신을 선단 말이냐.

사슴 거, 요즘 시대가 어느 시댄데 그런 말씀을 하십니까. 참, 답답하십니다요. 둘이 좋으면 되는 거지. 뭘 더 바라십니까요. 요즘 뭐 누가 아버지 말 듣고 결혼한다구.

옥제(소리) 더 말할 거 없다. 내 너에게 그에 합당한 벌을 내리도록 하겠다. 이제부터 너는 네 뿔을 인간들에게 착취당할 것이며 또한 뭇 사내들이 그 피를 빨아 마실 것이다. 이상. (탕탕탕) 여봐라, 형을 집행토록 하라.

사슴 믿을 게 못 되는 게 인간이라지만, 이 무슨…… 옥제님, 억울합니다. 저에게 왜 이런 무자비한 형벌을 주십니까요 예? 옥제님.

양복 차림의 형 집행인들 나타나 사슴의 뿔을 자르고 그 피를 마신다.

사슴 살려주십시오 옥제님. 살려주세요.

미안한 마음에 차마 볼 수 없어 고개 돌리는 난수.

경패, 싸늘하게 웃는다.

사방으로 튀는 피.

무대, 붉게 물든다.

2.

산골의 오두막.

겨우 몸 하나 누일 방 한 칸이 보이고, 서난수가 방바닥에 들러붙어 꼼짝 않고 뒹굴거리고 있다.

모친 (부엌에서 나오며) 에고, 난수야 이놈아. 나는 죽고 살고 구정물에다 손 넣고 밥 받아 주면 뭘 하려고 찌간에다, 변소에다 부셔 버리냐.

난수 줘도 먹어야지요.

모친, 기가 막히고 할 말이 없어 부엌에 들어갔다가 이내 다시 나온다.

모친 아적 먹고 여태 뒹굴렀으면 이자 됐다. 점심 차릴 테니 먹고 나가 봐라.

난수 밥 생각 없네요.

모친 밥 생각이 없어야.

난수 장개도 못간 놈이 밥 생각이 있겄소.

모친 이놈아, 그나마 나무 짐도 안 하려고 하냐. 이제 목구멍에 거미 줄 칠래.

난수 (상체 일으키며) 참말로 짜증나구로. 그러면 나 짚 한 다발 얻어 다 주제. 나무 갈라니.

모친 기둘려 봐라.

모친, 새끼줄을 들고 돌아온다.

새끼줄 받아들고 지게를 울러 메고 집을 나서는 난수.

난수 [나무 타령]

가자 가자 나무하러 가자

가자 가자 나무하러 가자

가자 가자 가자 감나무

오자 오자 옻나무

십리 절반인 오리나무

열아홉 다음에 시무나무

방귀 뽕뽕 뀐다 뽕나무

아무리 낮에 봐도 밤나무

다섯 동강이 난 오동나무

덜덜 떠는 사시나무

(산 중턱쯤 올라 나무를 패기 시작하다)

바람 솔솔 불어 소나무
따끔 따끔 따끔 가시나무
너하고 나하고 살구나무
거짓말 못 하는 참나무
쪽쪽 입 맞춘다 쪽나무
마당을 쓸어라 싸리나무
기다 자빠졌다 잣나무
앵 토라진 앵두나무
(나무패기를 그만 둔다)
니미럴, 토라질 여편네가 있나. 쪽쪽은 무슨… 이놈의 주둥아리는 죽을 때꺼정 여자 입술 한번 맞춰보긴 틀렸으니, 에고고 이놈의 팔자야.
(옆에 쌓아둔 나뭇단 위에 앉아 물을 들이켠다.)
[어사용]
가세 가세 어서 가세 너른 들판 일하러 가세
동해동산 돋은 해는 나절 반이 다 되간데
배는 고파 등에 붙고 목도 말라 못 하겠네
아이고 답답 나 신세야 농사 백성이 웬 말인고
남 날 적에 나도 나고 나 날 적에 남도 났는데
이내 팔자 무신 죄로 농사 백성이 되었는고
아이고 답답 못 하겠네
허리 허리 이내 허리 다 부러진다 다 부러지네
해는 져서 일락서산 다 가고
우리 님은 어데 가고 이내 밥을 아니 하나

불쌍하고 가련한 이내 몸이 어데 가서 사오리까
바늘 같은 이내 몸이 넓고 넓은 이 세상에
어데 가서 살 곳 있나 아이고 답답 못 하겠다

멀리서 단말마의 총성이 들린다.
파드득하는 소리와 함께 나무 사이에서 튀어나오는 사슴.

사슴 후사는 넉넉히 할 테니 제발 나 좀 숨겨주게. 내가 지금 미구에 죽을 지경이다.

난수 어따 사슴 양반 나이를 솔찬히 먹었는갑네.

사슴 제발 숨겨 주게… 주세요.

난수 내가 쪼께 동안이긴 하지. 후사를 한다고 했겠다. 너 같은 미물이 어찌 후사를 한단 것이냐.

사슴 아흔아홉 칸 대궐 같은 집을 원하십니까. 아니면 정승 판서가 되길 원하십니까.

난수 그걸 다 해줄 수 있단 것이냐.

사슴 뭐, 쉬운 일만은 아니오나. 하나만 고르셔야 합니다. 이루어 드릴 수 있는 건 하나뿐입니다.

가까이서 총성이 들려온다.

사슴 어서 말씀하십시오.

난수 좋다. 일단은 숨거라. 나중에 딴소리 하였다간 내 너를 삶아 죽일 것이니. 명심하거라.

나뭇짐 속에 숨는 사슴.

가쁜 숨을 몰아쉬며 허겁지겁 나무들 사이를 헤치고 나오는 사냥꾼.

사냥꾼 금방 이리 사슴 한 마리 안 갑디까?

난수 내사 나무하느라 보도 못했지만, 마 미물 하나가 저짝으로 뛰어가는 거 같드만요.

사냥꾼 (난수가 가리키는 쪽 바라보며) 어따 그놈 솔찬히 갔겄구만.

사냥꾼, 흐르는 땀을 닦으며 사슴이 숨어 있는 나뭇짐 위로 털썩 주저앉는다.

안절부절못하는 사슴과 난수.

난수, 서둘러 나뭇짐을 챙기려는 듯 나뭇짐 위에 앉은 사냥꾼을 밀어낸다.

난수 나무도 할 만큼 했고 그만 내려가야겄구먼.

사냥꾼 내 가오. 이놈을 사흘을 쫓아 댕겨도 못 잡았으니…. 도대체 뭔 사슴이 그러냔 말여. 에이.

사냥꾼, 나뭇짐에서 일어서서 간다.

난수, 사냥꾼이 멀어지는 걸 확인하고는 사슴이 숨어 있는 나뭇짐을 들어낸다.

난수 멀리 가버렸다. 나오거라.

사슴 (나뭇짐에서 나오며) 고맙게 됐소. 참말로 고맙구만. 내 그대 덕에 살았소.

난수 이놈, 어서 은혜를 갚거라. 설마 아까 했던 말을 잊은 것은 아니겠지.

사슴 아, 그럼은. 당연하지. 그대의 소원이 무엇인가.

난수 오냐. 내 소원이라 하는 것은 사람이 이렇게 늙도록꺼정 참 지게 목발이나 투둥김시로 게우 목숨만 살리고 있는데, 그 가운데 그래해도 부부의 연을 맺는 것이 최고의 상인 줄 안다. 어찌게, 이루어 줄 수 있겄냐.

사슴 그대 연세가 어찌 되시오.

난수 서른이 훌쩍 넘어버렸다.

사슴 불쌍허요. 어쩌다 여적 장가도 못 가셨소. 내 좋은 방법을 일러드릴 테니 그대로 하시오. 정신 바짝 차리소. (손을 들어 멀리 가리킨다) 저기 저 봉우리에 가면 선녀 못이라고 있네.

난수 저기 어디?

사슴 아, 저기. 정신 차리고 듣소. 그곳에 이름이 왜 선녀 못이겠는가. 고래로 그 연못은 천상에서 선인들이 내려와 멱을 하는 곳이라오. 달도 없는 깜깜한 밤에 몰래 왔다 가지요. 칠흑같이 깜깜한데 어찌 멱을 하냐. 선인들 아니오. 어찌나 고운지 얼굴에서 발광(發光)을 한다오. 못물에 비친 얼굴을 빛 삼아 멱을 하지요. 여기서 중요합니다. 첫 번째 선인, 두 번째 선인, 이렇게 차례로 멱을 하고 올라가는데 둠벙 뒤에 숨어서 계속 기다리셔야 합니다.

난수 이 사슴 놈아, 그래 눈요기만 하라 이거냐.

사슴 아, 내 말 잘 듣소. 거기서 이제 차례로 멱을 하고 올라가면은 일곱 번째 차례가 올 것 아니오. 그 일곱 번째 선인이 멱을 하려고 옷을 벗거든 얼른 그 날개옷을 훔치시오. 그분이 바로 옥황상제의 막내따님이라오. 이미 형들은 멱을 하고 올라가 버렸고 날이 밝으면 하늘 문이 닫히니 오도 가도 못하는 신세가 되지요. 날이 붐할 때쯤 집으로 가자고 하면 어쩔 수 없이 순순히 따를 겝니다. 그 일만 성사되면 가만히 앉아서도 먹을 것이니 내 말대로만 하소.

난수 벌거벗은 여자를 데려가라고?

사슴 깜깜한 숲인데 무슨 상관있나. 아직 나이 어리니 남자도 모를 게요. 데려가거든 상관(相關)부터 하시오. 여기서 또 중요하오. 아이 셋 낳기 전까지는 절대 날개옷을 보여줘선 안 되오. 명심하오.

난수 니 정체가 무엇이냐. 어찌 그런 걸 그리 잘 안단 말이냐.

사슴 난 말이지. 하늘에서 죄를 짓고 쫓겨난 선관이오. 명심하오. 아이 셋을 얻기 전까진 무슨 일이 있어도 날개옷을 보여주면 안 되오.

사슴, 숲속으로 뛰어간다.

3.

칠흑 같은 어둠.

좌, 좌 하는 물소리만이 들린다.

그리고 얼마 뒤 들려오는 선녀 경패의 울음소리.

희미하게 난수의 모습이 보인다.

난수 거기 누구요. 누가 그리 서럽게 울고 있소.

경패 저리 가십시오. 의복을 잃어 아무것도 입지 못하였습니다.

난수 어찌하다 그런 일을 당하셨습니까. 보지 않을 테니 어서 나오십시오. 저희 집으로 가십시다. 노모의 치마라도 괜찮다면 그걸 드릴 테니 어서 나오십시오.

잠깐의 물소리 들리더니 날이 조금씩 밝아오는 여명 속에 난수와 선녀 정경패의 모습이 희미하게 보인다.

앞장서서 희희낙락 걸어가는 난수와 나뭇잎으로 중요 부분만 겨우

가린 채 어쩔 줄 몰라 하며 종종 걸음으로 뒤따르는 안타까운 모습의 정경패다.

정경패는 보기에도 아직 어린아이 태를 벗지 못한 여리디여린 소녀의 모습이다.

난수의 집으로 들어서는 두 사람.

방에는 불이 켜지고 두 사람의 모습이 그림자로 비춰진다.

난수 어서 이리 앉으시오.

경패 옷부터 주십시오.

난수 나와 혼인을 하겠다면 드리지요.

경패 무슨 말씀이십니까. 의복을 어서 내어 주십시오. 부끄럽습니다.

난수 이제 갈 곳도 없지 않소. 나와 혼인하겠다고만 하시오. 그러면 드리리다.

경패 소녀 아직 나이 어려 혼인은 어렵사옵니다.

난수 여자와 남자가 만났으니, 더 이상 혼인에 필요한 게 무엇인가.

경패 저는 정경패라 하는 옥황상제의 딸입니다. 정녕 이러시면 안 됩니다.

난수 그렇소. 이렇게 대단한 여인을 아내로 맞게 될 줄은 꿈에도 몰랐습니다 그려. 어서 나와 혼인하겠다고 하시오. 그럼 내 모친의 치말 드리리다.

경패 정녕 나중에 후회하실 일이 될 겁니다. 그래도 이러시겠습니까.

난수 혼인하겠단 말 한마디면 되는데 무에 그리 어렵나. (치말 흔들어 보이며) 자, 어서.

경패 그렇다면, 좋아요 혼인하겠습니다. 어서 그 옷을 주십시오.

난수 그러하다면 오늘이 우리의 첫날밤이 되겠구려.

(경패를 거세게 품에 안는다)

경패 이러지 마십시오. 제발.

방에 불이 꺼진다.

선녀 정경패의 외마디 비명소리 들린다.

4.

난수의 집.

방에서 벌레처럼 꼬물거리며 뒹굴거리는 난수.

부엌에서 나오는 모친.

모친 이놈아, 장가를 갔으면 일을 해얄 거 아녀. 제 식구는 만들어놓고 또 날마둥 누워 빈둥거리냐. 아, 암만 암것도 없이 처굴러온 며느리여도 내 면이 안 서 이놈아. 마을 사람들이 뭐래는 줄 아냐. 등신 바보 천치 같은 산놈이 어서 선녀 같은 여잘 데려다 팔자 늘어졌데야.

난수 (뒹굴거리며) 아, 뭔 상관이랴.

모친 그러다 도망이라도 가면 어쩔래. 인물이 반반한 게 안 그래도 영 께름칙해야.

난수 도망은 무슨……. 도망 못 가지. 헤헤, 뭔 수로 도망을 간데 지가.

모친 두 발 달린 짐승이 어디는 못 가냐. 도대체 뭔 조홧속인지 모르겄다 참말로.

난수 모친께서 걱정할 일 아니오. 이놈만 믿고 계셔.

모친은 부엌으로 들어간다.

영재, 나뭇짐을 메고 집으로 들어온다.

영재 이보게 난수 있나.

난수 어, 영재 왔는가.

영재 여적 그러고 있는 게야. 제수씨는 밤낮없이 삯바느질에 남의 집 들일까지 해가며 살아보겠다고 아등바등인데 자넨 이게 뭔가.

난수 자네가 상관할 일이던가.

영재 나이 많은 노모에 곤궁한 살림까지, 어린 부인 불쌍하지도 않은가.

난수 (벌떡 일어나 앉으며) 야, 이놈아 어디서 남의 계집이나 넘보려고 수작이냐 수작이. 오호라, 저 계집이 밤만 되면 요리조리 핑계 대고 내뺀다 싶더니 네놈하고 눈 맞추고 배 맞추고 했던 모양이로구나.

영재 무슨 말을 그리 하나. 애먼 사람 잡지 말게. 선녀 같은 자네 부인 자네에게 어울릴 리도 만무지만 아무리 비단결 같은 마음씨라도 그런 자네 횡포엔 오래 견딜 리 없네.

난수 네놈이 슬슬 본색을 드러내는 구나. 어디 보자 이놈. 그래 나 몰래 도망이라도 칠 작정이었냐.

영재 그저 됐네. 나뭇짐 좀 가져왔으니 땔감으로 쓰던 장에 가서 팔던 하게. 난 이만 가네.

난수 남의 집 사정까지 봐주다니, 나이 마흔 바라보는 노총각의 사정은 무엇이던가.

이때, 바늘질감을 이고 들어오는 경패.

난수 한걸음에 달려 나와 경패의 머리채를 잡고 바닥으로 내동댕이 친다.

난수에 행동에 놀라 급히 허둥지둥 빠져나가는 영재.

난수 이년, 또 어디서 서방질을 한 게냐. 네년이 온 마을을 헤죽이며 다니는 것을 내 모를 줄 아느냐. 그렇지 않고서야 이 많은 바늘질감을 무슨 수로 구해오며 또 이놈 저놈 들이대는 저 나뭇짐은 도대체 뭐란 말이냐. 어서 바른 대로 대라 이년. 왜, 정승 판서께서 후실 자리라도 주신다더냐. 혹여 어찌하여 궁에라도 들어갈까 싶으냐. 그래서 이러고 마을을 헤집고 다니는 게야.

경패 후안무치도 유분수지. 내 그런 자릴 탐내오리까. 궁이라니, 웃기지도 않소. 내 본래 집이 어딘데. 당신 같은 사람은 상상도 못할 그런 곳이요. 궁이라니.

난수 (경패의 머리를 땅으로 더욱 세게 처박으며) 뭔 무치? 그래 너 유식하고 잘났다 이년. 서방질하고 다니는 년이 그래도 할 말 있다고 입을 놀리는 게냐. 그래, 새끼라고 낳은 것도 누구 새낀지 알 게 뭐냐.

이때, 아낙1, 2 집으로 들어선다.

아낙1 (뛰어 들어와 경패에게서 난수를 물리치며) 이 무슨 짓이던가.

아낙2 내 이럴 줄 알았제. 마을 여자들이 괜히 그러겠어. 이런 일이 있을 거라는 건 누구나 예상을 하는 거라.

아낙1 아무리. 그래도 이러는 건 아니지.

아낙2 왜 그러슈 형님. 부인으로서 내조지공(內助之功)의 뜻을 해하였으니, 맞을 만한 짓을 했으면 응당 맞아야지요. 안 그렇소. 자, 아까 하던 얘기나 마저 하십시다. (난수에게) 그래, 그래서 그 애들이 도대체 누구 애라는 게야.

난수 문 열어놓고 도적맞는다더니, 여긴 왜들 오셨소.

아낙2 도적이라니, 도적이라니. 아니, 아까 하던 얘기나 마저 해봐. 그래, 누구 앤데.

난수 누구 씬 줄 알면 내 이러고 있겠소. 그놈을 잡아다 삼일 밤낮 끓는 솥에 넣고 익혀 죽이리다. 남의 일에 참견 말고 어서들 가슈.

아낙1 마을 부인들이 모여서 얘길 하다 보니 여기 색시 얘기가 자꾸 나와서 말야. 우리가 그걸 좀 전해주러 왔네만. 가인박명(佳人薄命)이라고 색시도 도무지 복이라곤 찾아볼 수가 없으니 내 어찌해야 좋은지 모르겠구만.

모친, 부엌에서 나온다.

모친 남의 멀쩡한 아들 등신 만들려거든 이만들 가게.

아낙1 형님, 계셨소. 근데 우째 그러고 나와 보도 않아요.

모친 맞을 짓 했으면 맞아야제. 암만, 우리 난수가 아무 이유 없이 그럴까.

아낙2 참말로, 맞습니다요. 형님, 내 말 잘 듣소. 이렇게 행실 나쁜 계집을 계속 마을에 들였다간 마을 남정네들 씨가 다 마를게요. 보슈, 낯빛이 반지르르한 게 색골로 보이지 않소. (황홀한 듯 경패의 얼굴을 손으로 감싸고) 이 미색에 누군들 안 넘어갈까. 저토록 허름한 옷을 입고도 얼굴에선 광채가 나니 도무지 이 세상 사람이 아닌 듯도 싶고. 혹 꼬리 아홉 달린 여우나 백년 묵은 구렁이가 인간으로 둔갑한 것은 아닐런지요. 아무튼, 마을에 이대로 계속 들였다간 분명 사달이 날게요. 마을 남정네들을 하나씩 꼬셔내어 간이라도 빼먹을지 누가 아오.

경패 내 꼬리 아홉 달린 여우를 알지요. 백년 묵은 구렁이, 그 구렁이가 누구로 둔갑해 있는지도 알려드리리까. 감히 나를 한낱 그런 미물에 비교하다니.

경패, 한 차례 히스테릭하게 웃는다.

아낙1 색시, 미안하지만 앞으론 마을에 걸음하지 말았으면 하네. 온 마을 사람들 의견이라 어쩔 수 없어.

모친 내 저것을 이 집 문턱에 들일 때부터 알았제. 집안 말아먹을 상이라 저게.

난수 별 시답잖은 소릴 다 듣겠네. 팔십 당년 모친까지 왜 그러슈. 부디 참으시고, 댁들은 할 얘기 다 끝났으면 이만들 가제.

아낙2 조심하게. 어젠가 자네도 당할 게야. 하늘이 제아무리 높다 해도 몸 굽히지 않고 살 수 없고 제아무리 땅이 단단하고 두텁다 한들 감히 조심해서 걷지 않을 건가.

난수 곤경에 빠진 짐승일수록 더욱 발악한다는 걸 모르시오. 어서들 나가슈.

아낙1 자네도 남의 집 귀한 처자 데려다 그러는 거 아니네. 의지가지 없이 자네만 보고 지내는데 어째 매질을 한당가. 형님도 나이 자실 만큼 자신 분이 그러면 되겄소.

모친 앞뒤 없이 찾아와서 귀댁에 하강선녀 하여 명모호치(明眸皓齒)로 동네 남정네들 몽땅 홀릴까 걱정되니 부디 집안 단속 잘 하오하는 자네는 어떠한가.

아낙1 내 그만 가지요.

아낙2 사내가 잘났으면 저런 미인 내실에 앉혔다 한들 잡소리가 있겠소. 첩실이라 해도 유구무언이지요.

모친 뭐야, 내 아들이 뭐가 못나 그런 소릴 듣는단 말여. 인물이 빠져, 어디 모자란 구석이 있어, 사내 구실을 못 해.

모친의 호통에 아낙들 황망히 나간다.

모친 오갈 데 없는 년 구명하여 주었더니, 기필코 지 서방 잡아먹을 거라 저게. (경패를 두 주먹을 들어 힘껏 두드려 팬다) 이년아, 니년이 들고부터 집안이 편할 날이 없어. 죽어라 이년. 아까 듣자 하니 이제 대놓고 서방질하고 다니는 모양인데 니가 그러고도 살기를 바라냐. 이년, 죽어라. 나가 죽어 이년아. 집안 망신 개망신에 남편 꼬라지가 뭐냐 저것이. 아이고 조상님, 집안 꼴이 이게 뭐란 말요. 죽어라 죽어 이년.

난수, 경패에게서 모친을 힘껏 밀쳐낸다.
한순간 휘청하더니 나가떨어지는 모친.

난수 참말로 무슨 짓이요 이게. 근거도 없는 일을 가지고 사람을 이렇게 패면 어쩐단 말요.

모친 내 기가 찬다. 내둥 트집 잡고 패쌓드만 그래, 내가 좀 때렸기로 이러구 패대기를 친다냐. 어메, 자고로 집안엔 여자가 잘 들어와야 허는 법인데 지 서방 손에 콱 틀어쥐고는 완전 바보 만들어 버렸네. 바보 만들어 버렸어. 이년아, 얼른 일어나. 할 일이 태산이여. 그나마도 마을에 못 내려가게 생겼으니 오늘 김진사 댁 잔치는 내가라도 가야지 않겠냐. 그래야 잔치 음식이라도 받아올 거 아녀.

모친, 행주치마를 벗어들고 집을 나선다.

난수 아, 작작 좀 부려먹소. 이 사람도 좀 쉬어야 할 거 아니오. 하루 종일 구정물 통에 손 담그고 있으란 말이오. (모친이 나가자 경패의 손을 잡고) 이 손 부르튼 거 봐 이거. 우짤까 이 손을……. 아까는 내 미안했소. 영재 그놈이 와서 속을 확 뒤집는 바람에……. 내 부인의 정절을 모를 리야 있겠소.

경패 (손을 뿌리치며) 내 알 바 아니오.

난수 (다시 손잡으며) 부인, 이리 노여워 마오. 내 잘못했소. 이리도 가녀린 부인의 몸에 손을 대다니 내가 죽일 놈이오. 내 깊이 사죄하리다. 부부란 게 무엇이요. 부부싸움은 칼로 물 베기란 말도 있듯이, 설혹 서로 오해와 미움이 쌓여 돌이킬 수 없는 사이가 된다 하더라도 하룻밤 통정으로 새로운 정이 돋아 미움과 오해를 덮으니. (경패의 허리를 꽉 안으며) 우리 오랜만에 운우지정(雲雨之情)을 나누어 봄이 어떠한가.

(경패에게 입술을 들이민다)

경패 (난수를 힘껏 밀쳐내며) 이 무슨 ……. 언제는 여기저기 꼬리치며 몸이나 굴리는 화냥년 취급이더니 뭐, 운우지정(雲雨之情)을 나눠. 그대야말로 언제까지 날 더럽힐 생각인가.

난수 부인이 내 말에 무척 서운하였구려. 내 진정 잘못하였소. 사죄하리다. 부부지간에 내외하는 것도 아니고 어찌 이러오. (다시 경패 끌어안는다) 이럴 것이 아니라. 자, 우리 방으로 드십시다.

경패 (품에서 칼 꺼내들고)손만 대봐라. 너 죽고 나 죽는다.

난수 남편에게 감히 칼을 들이대다니. 제 정신인 게요.

경패 내 더는 못 참는다. 애도 낳을 만큼 낳아줬잖느냐. 제발 날 보내주거라. 이대로는 더 못산다. 아바마마도 보고 싶고 내 언니들은 잘 있는지 …. 이 무거운 옷도 싫고 더럽고 냄새나는 이 집도 싫다. 내 집, 옥황상제께서 사시는 내 집에 가고 싶다. 날 보내다오.

난수 옥황상제. 그래, 옥황상제께 고해바쳐 날 죽이기라도 할 셈이냐.

경패 내 지상에서의 일은 묵과하겠다. 절대로 토설치 않을 테니 제

발날 보내다오.

난수 허, 네가 아직도 정신을 차리지 못한 게지. 아녀자가 친정을 떠나 시집을 왔으면 여기가 제집인 게지 어디가 집이라고 보내달라는 게냐. 출가외인이라. 시집을 왔으면 그 집에 뼈를 묻으라 했거늘, 네 남편을 어찌 보는 것이냐. 처녀 적 신분을 생각해 이태 딴 놈들은 쓰지도 않는 경어(敬語)까지 써가며, 좋은 말로 어르고 달랬건만 도무지 안 되겠다. 내 오늘 네 버릇을 단단히 고치리라.

난수, 경패의 칼 든 손을 잡고 몸을 돌려 경패의 손에서 칼을 뺏는다.
힘껏 저항하며 몸부림치는 경패를 들쳐 메고 방으로 들어가는 난수.
난수, 경패의 몸을 방에 던져 누이고는 그 위에 덮쳐 누워선 경패의 몸을 더듬어댄다.
웃옷을 벗고 경패의 몸으로 덤벼드는 난수.
경패는 마치 강간당하는 여자처럼 끊임없이 높고 날카로운 비명을 질러댄다.
이런 경패의 행동에 기분이 더욱 상하여 벌떡 일어나는 난수. 사이.

난수 내, 너의 날개옷을 어디에 두었는지 가르쳐주랴.

경패 어디에 두다니. 설마, 진정 네가 숨겨두었더란 말이냐.

난수 (벗어두었던 웃옷을 들어 바느질 자국을 따라 반으로 뜯더니 그 속에서 경패의 날개옷을 꺼낸다) 자, 여기. 이리 두면 들킬 염려가 전혀 없지. 알다시피 날개옷이란 게 깃털보다 가벼워 옷 하나 덧입은 느낌도 전혀 없으니 아주 좋은 방법이 아닌가. (웃음)

경패 처음부터 날 여기로 데리고 올 작정이었던 게로구나. 그러고도 목숨을 부지하길 바라다니 참으로 양심도 없다.

난수 적반하장이라더니. 너도 나랑 살아서 좋지 않았더냐, 사내 맛도 보고. 솔직히 내가 낮일은 좀 못 해도 밤일 하난 잘하제. 너도 그 맛에 붙어 있었던 거 아니냐. 그렇지 않음 네 반반한 그 미색에 벌써 딴 놈이랑 붙어 도망갔지 암.

경패 허, 네 왕후장상의 씨라도 된다더냐. 비실비실 다 곯아빠진 놈이 뭐 어째.

난수 헛 참, 내 씨를 보면 알 게 아니냐.

난수, 아이 모양의 허수아비 두 개를 경패 앞으로 던져둔다.

경패 아이들의 반은 하늘인이다. 하늘인의 기개를 네가 아느냐. 내 아이들이, 내가 낳은 내 아이들이 한심하게도 거기에 비하면 참으로 보잘것이 없다. 내, 아버지를 어찌 뵈올지 그것이 걱정이다.

난수 그리 고귀하신 분께서 어찌하여 이 어리석고 허수룩한 나와 연이 되었을꼬.

난수 방심한 사이 경패가 날개옷을 낚아채려 한다.

경패 내 옷을 돌려다오.

난수 지금은 절대 줄 수 없으니 그런 말일랑 마라.

경패 지금은, 이라니? 지금은 안 되다니?

난수 글쎄 그런 게 있다. 그런 것이 있으니 날개옷일랑 아예 잊어라.

경패 보여줘 놓고 이제 와서 잊으라니. 그럴 순 없지. 내놔라 어서.

난수 아직 때가 아니라니께 글쎄.

경패와 난수, 날개옷을 사이에 두고 난투극이 벌어졌다.
필사적인 두 사람.
순간, 경패 좀 전에 빼앗겼던 칼을 들어 난수의 목 밑에 들이댄다.

경패 내놔.

하는 수 없이 날개옷을 던져주는 난수.

경패 내 여지껏 왜 이토록 더럽고 흉측한 네놈 곁에 붙어 있었는 줄 아느냐. 이런 날이 오리라 믿었기 때문이다.

경패, 날개옷을 집어 들어 급히 입고는 두 허수아비를 품에 안는다.

난수 무슨 짓이냐. 이 아이들은 내 아이들이다. 어딜…….

경패 (소리가 천상의 소리처럼 울린다) 네 이놈. 필시 네게 당장에 천벌을 내려야 함이 마땅하지만 그러지 않는 이유는 그나마도 내 아이들의 아비이기 때문이니라. 썩 물러나거라.

아이 모양의 허수아비 둘을 안은 채 하늘로 날아올라 가버리는 경패.
이를 보고서야 자신의 어리석음을 한탄하며 주저앉는 난수.

5.

어두운 숲길.

난수가 선녀 못가에 앉아 있다.

뒤 무대로 환영처럼 사슴 등장한다.

난수 하이고, 내 천당에를 한번 올라갔다 와야겠다.

사슴 그 뭔 소리요.

난수 아 글쎄 이놈아, 내 마누라쟁이가 올라가버렸단 말이다. 그러니 내 올라가봐야겠다 이 말이여.

사슴 애들은 어쩌구 올라가나. 허, 요즘 것들은 참말 독하단 말이지. 잠깐 근데 지금 애가 몇이요?

난수 둘이다.

사슴 이런. 근데 어찌. (난수 눈치 살피곤) 설마 가르쳐준 거요? 아니지? (가르쳐준 거 같은 눈치에 놀라) 가르쳐줬어?

난수 항상 나를 무슨 짐승 대하듯 하니 애 만드는 일도 보통 어려운

게 아니었다. 둘도 감지덕지지. 그저 위에서 내려다보는 거맹키로 매사 하는 짓이 하도 아니꼬워 볼 수가 있어야제. 니가 그래봤자 내 손바닥 안이다. 봐라 니가 그렇게 찾아 헤매던 날개옷 여기 내 품속에 있다, 하고. (사이) 보여주긴 했어도 그저 줄 생각은 없었는데 아, 이것이 갑자기 칼을 집어 들고 덤비잖냐. 식겁했당께.

사슴 난 이제 모르오.

난수 모르다니. 그게 말이 되냐. 어서 가르쳐다오. 어찌하면 좋단 말이냐.

사슴 그러니 왜 가르쳐준 대로 안 하고 이제 와 이 난리난 말요.

난수 (사슴 가랑이 붙잡고 늘어지며) 날 좀 살려라. 응. 살려주게.

사슴 아니, 하늘에 올라가게 해달라니 말이 돼.

난수 선녀랑도 맺어줬는데 그쯤 어려울까. 내 이번 일은 정말 잘못했소. 그러니 이번 한 번만, 딱 한 번만 더 기회를 주오.

사슴 그렇게 하늘나라에 가고 싶소? 진짜? 진짜로 그렇단 말이지? (난수 고개 끄덕이자 난수의 목을 조르려고 덤벼든다) 내 죽음으로 보내드리지, 하늘나라가 그렇게 가고 싶다면. 하늘나라 가는 길이 이보다 빠른 길이 있을까. 내 기꺼이 죽여 드리지. 물론 당신, 옥황상제님보다 염라대왕님 목전에 떨어질 가능성이 훨씬 크겠지만 말야.

난수 (사슴 뿌리치고) 난 꼭 가야 하오. 아덜꺼정 뺏길 수 없제 참말로.

사슴 이 사람아, 지금 거긴 당신 땜에 쑥대밭 됐어. 그래도 갈 거야?

난수 (사슴에게 매달려) 상관없으니 보내 주게. 제발 내 마지막 부탁일세.

사습 난 벌써 한번 천기를 누설했단 말이지.

난수 은혜가 백골난망일세 그래.

사습 (단념하고) 에이 그래 좋다. 그렇담 내 말 잘 듣소. 이번에 부탁할 말은 이거요. 하늘에 가거든 절대로 이 일에 날랑 끌어들이지 말란 거요. 알겠소.

난수 좋다.

사습 똑바로 듣소. 이것을 어겼다간 당신도 나도 목숨 보존키 어려울 거요. 명심하오. (난수 고개 끄덕인다) 지난번 그 일로 하늘에선 지상으로 선녀들이 내려와 멱 감는 일을 금하게 됐지요. 다만 이 때껏 해오던 대로 보름마다 하늘에서 물을 긷는 두레박만 내려옵니다. 그 두레박에 올라타소. 여자 궁둥짝 올라타는 맹키로 부드럽게 살짝 올라타야지 안 그랬다간 대번에 들킵니다. 천상도 가기 전에 불벼락 맞지 않으려거든 조심 조심 살짝. 그럼 하늘까지 단숨에 올라갈 거요.

난수 고맙네. 참으로 고마워.

사습 절대 잊지 마시오. 날랑은 모르는 게요.

난수 암. 이번은 절대 잊지 않겠네. 걱정 마시게.

사습 그리고 제발 이제 다신 찾아오지 마오.

사습 환영처럼 사라진다.

하늘에서 내려오는 두레박.

두레박이 첨벙하고 물위에 떨어지자 얼른 그 위로 올라앉는 난수.

천천히 끌어올려지는 두레박.

올라가는 속도에 놀라 내지르는 난수의 비명소리가 서서히 멀어진다.

6.

구름 위, 하늘나라.

구름 속인 듯 뿌옇게 습기 찬 공기들이 좌중을 덮는다.

아들(소리) 어머니, 어머니 여그 아버지 옵니다. 아버지 올라와요.

경패(소리) 응, 느그 아버지가 와야. 아버지가 여기가 어디라고 오냐. 아무나 보면 다 느이 아버진 줄 아냐. 아버지가 여그 올 데가 못 되는데, 그래 해야.

밝아지면 옥좌에 앉은 옥황상제와 왕자, 공주들 그리고 여러 천군들이 보인다.

천군들에게 끌려와 무릎 꿇려 앉는 난수.

왕자1 어디 지상의 인간이 여기 천상세계에 다 올라왔느냐.

난수 황공하오나 천상세계에 살고자 하여 왔나이다.

왕자1 어허, 뉘 앞이라고 그 망발이냐.

옥제 지상의 인간이 이 천상에 살려면 그럴 만한 재주가 있어야 한다. 네게 그만한 재주가 있느냐.

난수 제 재주라는 것은 다름이 아니라 지상에서부터 천상의 선녀와 연을 맺었다는 것입니다.

옥제 뭐라, 선녀와 연을 맺어?(놀라 공주들을 훑어본다)

이때 경패 뛰어 들어와 난수를 부여잡고는 끌어내려 한다.
천상의 사람들 일제히 술렁거린다.

경패 니가 감히 여가 어디라고 와야. 썩 꺼져라. 썩 꺼져.

왕자2 이 무슨 짓이냐. 저놈에게 무슨 연유로 이러는 게냐 응, 경패야. 뭣들 하냐. 어서 경패를 진정시키지 않고.

공주들 일제히 경패를 붙잡아 앉힌다.

경패 (울며불며) 아바마마.

옥제 오냐. 막내야. 네 무슨 연유로 이리하는 것이냐. 어서 말해 보거라.

경패 아바마마. 저놈이, 저놈이 바로 제 두 아이의 아비 되는 자이옵니다.

옥제 뭐라. 어찌하여 저놈이 여기에 있단 말이냐. 괘씸하구나. 저놈을 당장 포박하라.

천상 군졸들 나와 난수를 포박하여 묶는다.

난수 장인어른. 사위는 백년지객이라 하였는데 어찌하여 이러십니까요.

왕자1 저런 포악한 놈을 봤나. 네 예가 감히 어느 안전이라고 그 입을 놀리는 게냐. 옥황상제께 장인이라.

왕자2 자기 죄도 모르고 망발을 하다니 경을 쳐 죽일 놈이 아니옵니까.

난수 죄라닙쇼. 내 내자된 사람의 아비를 그럼 무어라 이른단 말입니까.

왕자1 무엄하다 이놈.

왕자2 저놈이 뚫린 입이라고, 혀를 뽑아 죽일 놈 같으니라구.

경패 아바마마, 저놈은 제 날개옷을 작정하고 훔친 놈이옵니다. 날개옷을 감춰 두어 저를 하늘에 오르지 못하게 하였습니다.

난수 옥황상제님, 제 말을 좀 들어주십시오.

옥제 그래, 어찌하여 너는 아무런 힘도 없고 연고도 없는 여인의 옷을 훔쳤더란 말이냐.

난수 단연코 저는 훔친 적이 없사옵니다.

왕자1 이제 시치미라. 그러하다면 그 잃어버린 날개옷이 왜 네게서 나왔느냐. 제대로 대답하지 못한다면 지옥 불구덩이 속에 네 발로 걸어 들어가야 할 것이다.

난수 옥황상제시여, 저는 사랑하는 여인을 붙잡기 위해 잠시 잠깐 그녀의 날개를 숨겨둔 것뿐이옵니다. 날개만 있으면 언제든지 날아가 버릴 여인을 붙잡아둘 방도는 그것밖에 없었사옵니다. 이 사랑이 죄라면, 저는 어떠한 벌이라도 달게 받겠사옵니다. 실오라기 하나 걸친 것 없이 벌거벗은 채로 유리걸식(流離乞食)하게 된 여인에게 옷과 집을 내어준 것, 이 또한 죄라면 변명치 않고 벌을 받을 것이옵니다. 그런데 어찌하여 도둑이라는 누명까지 씌워 저를 지옥 불구덩이로 내모시는 것입니까. 억울합니다, 정말 억울합니다.

경패 사랑이라, 기가 찰 노릇이다.

난수 내가 당신을 얼매나 위하고 아꼈는지 당신도 알잖는가. 밤마다 어린 당신 안고 어르고 달래느라 아드득 쪽쪽 입에 물고 빨고 안 했는가.

왕자1 네 이놈, 어느 안전이라고 입을 함부로 놀리는 게냐. 그 입 다물지 못할까.

왕자2 잠시 숨겨두었다. 그게 도적질이 아니면 무어란 말이냐. 내 당장에 저놈을 …….(차고 있던 칼을 빼든다)

옥제 그만 되었다.

왕자1 허나 옥제님, 저놈을 그냥 두었다간 천상의 위엄이 떨어질 것이 자명하옵니다. 천상의 여인을 유괴하여 겁탈한 일을 명명백백히 밝혀 그 죄를 엄중히 물어야 할 것입니다.

난수 말은 바로 하셔야지요. 자신의 처를 겁탈하는 법도 있답니까.

옥제 나의 막내딸이, 우리 경패가 혼인을 하기엔 아직 어리디어린, 금세 초경을 막 치른 나이란 것도 알았더냐.

난수 농군은 본래 채 여물지 않은 열매를 따는 법이옵니다. 그래야 자신의 품에서 제대로 여물게 익힐 수가 있지 않겠습니까. 열매가 익기 시작하면 자연스레 벌레 나기 마련인데, 그리되면 아무리 크고 실한 열매라도 상품으로의 가치는 떨어지고 말지요. 또 아차, 따는 시기를 놓쳐 열매가 너무 익어 버리면 금세 상해서 버릴 수밖에 없습니다요. 이렇듯 여자도 마찬가지여서 미처 여물기 전에 따지 않으면 벌레 나거나 상하기 십상입니다. 그런 바에 옥제님의 따님이자 저의 내자인 저 여인은 제 시기에 거두어들인 것뿐이오니 그리 억울할 바가 아니라 생각되옵니다만.

옥제 그러하냐. 난 저 아이를 한 번도 누군가 거둬들여야 할 열매 따위로 생각해본 적이 없구나. 천상에서의 하루는 지상에서의 일 년과 같은 시간이니 그리 서두를 일도 아니었다. 헌데 저 아이를 보거라. 그토록 어여쁘고 어질어 귀애하던 아이였는데 이젠 제 언니들보다도 십 년은 더 먹어 보이지 않느냐. 정녕 그것이 한 여인을 유괴하여 겁탈하고, 사특한 생각으로 중상모략을 일삼은 연유였더란 말이냐. 그러하다면 네, 징벌을 면하기 어려울 것이다.

왕자1 옥제시여 더 무슨 하문이 필요하오리까. 저놈을 당장 염라국에 보내시어 염라대왕님으로 하여금 징벌하게 하사이다.

왕자2 정녕코 팔만 옥졸에 붙들리어 영원 지옥 불에 던져져야 하오리다.

옥제 들었느냐. 너는 아니라고 하고 있지만 내 막내딸 경패를 유괴하고 겁탈한 것에 대해서는 네 어찌하여도 죄를 면키 어려울 듯싶구나. 속으로야 내 당장 너를 잡아 여덟 토막 내어 천지 사방에 흩어 놓아도 속이 풀릴까 말까지만, 어찌됐건 너와 경패는 이미 부부지연을 맺은 사이. 내 이번 한 번만 너에게 기회를 주겠느니.

경패 기회라니요 아버지.

난수 감사합니다 옥제님.

왕자2 옥제시여.

왕자1 저자에게 기회를 주시다니요. 천만부당하신 처사이시옵니다.

왕자2 그러하옵니다. 어찌하여 그런…….

경패 아버지, 설마 날더러 저놈과 다시 함께 살라 하시는 건 아니시지요. 그렇지요? 그러하시면 전 여기서 혀 깨물고 확 죽어버릴라니.

옥재 아가, 니 마음 다 안다. 니 마음 내 다 알어. 하지만 어쩌겠냐. 이미 엎질러진 물. 저 두 아이들이 무슨 죄라고……. 저 어린것들을 아비 없는 자식으로 키울 순 없지 않느냐. 어찌됐든 아비는 아비일진대 그 인연마저 끊어 놓을 순 없는 것 아니냐.

경패 아버지, 어찌 그런 생각을 하시었소. 저런 것도 아비라구. 차라리 날 죽이시지 그러셔요.(서러움에 눈물을 쏟는다)

옥제 경패야, 어차피 네게도 남편이 필요하지 않느냐. 후일에는 이 아비의 뜻을 헤아릴 날이 있을 것이다.

경패 기어이 아버지의 뜻이 그러시다면 어찌할 수 없는 일이겠지요. 허나 저자의 광포함을 진정코 아신다면 제게 이러실 순 없으실 것입니다.

옥제 그렇다고 내 저자를 천상계에 그저 고이 들이진 않을 것이야. 여봐라 지금부터 내 말을 잘 듣거라. 이것은 너의 천상 관문 시험이니라. 몇 해 전 짐의 옥새를 고양이가 물어간 일이 있었다. 내 용상에는 앉아 있으나 옥새가 없으니……. 네 진정 천상의 사람이 되고자 한다면 그 옥새를 찾아오너라.

난수 고양이가 물어갔다면 그 고양이를 잡으면 될 것이 아니옵니까.

옥제 옥새는 고양이 나라에 있다.

난수 예? 고양이 나라라굽쇼? 그곳이 어디랍니까?

옥제 네게 말 두 필을 주겠다. 둘 중 하나를 골라 타고 가거라. 옥새를 찾아 오지 못한다면 기필코 네놈 목숨을 내놓아야할 것이다.

천군들 말 두 필을 끌고 나온다.
그 중 말 한 필은 비쩍 말라 보기에도 흉하고 또 다른 한 필은 미륵같이 살이 쪄 온몸에 기름기가 흐르는 윤택한 말이다.

난수 (잠시 생각에 잠기어) 그래, 이 사람들이 날 쉽게 받아 들여 줄리 없지. (고갤 들어) 좋소, 저 비쩍 마른 말을 내어 주시오.

경패 오호라, 그놈 재주도 좋다. 먹고 뒹굴다 보니 잔머리만 늘은 게냐. 천리마는 어찌 알아보았을꼬. 허나 목숨 보전킨 네 어려울 것이다.

난수 옥황상제시여, 찾아오지 못한다면 목숨을 내놓으라 하셨지요?

옥제 그렇다.

난수 그렇다면 옥새를 찾아올 시엔 저를 진정한 막냇사위로 받아주시는 것입니까?

옥제 (잠시 머뭇대다) 가하다.

경패 (원망 섞인 시선으로) 아버지.

난수, 비쩍 마른 말의 고삐를 받아 바투 잡는다.

7.

쥐 나라.

어두운 가운데, 여기저기서 찍찍 하는 쥐 소리가 무리지어 들리더니 난수의 짧은 저항의 비명이 이어진다.

사위(四圍) 밝아지면 커다란 왕관을 쓰고 옥좌에 앉아 있는 쥐와 그 밖에 여러 대신 쥐들이 보인다.

그들은 다만 쥐일 뿐 왕관이나 옥좌뿐만 아니라 다른 모든 것들이 전부 이전에 옥제와 천군들의 모습을 그대로 하고 있다.

포박 당한 채 쥐들에 의해 끌려 나오는 난수.

쥐1 왕이시여, 저희가 진귀한 음식을 발견하여 이토록 가져왔나이다.

왕쥐 그것은 인간이 아니냐. 인간이 어찌 이런 곳에 있드란 말이냐. 이곳은 쥐나라요. 당신 같은 사람이 올 수 있는 곳이 아니오만 어찌 이곳에 오시었소. (난수를 뜯어보곤) 혹, 나를 아시오? 어디서 뵌 적이 있는 듯도 하오만.(마침내 생각난 듯 옥좌에서 일어나 난수에게로 달려가 손잡으며) 아, 이게 누구신가. 나에게 시시때때로 밥을 주어 나의 생명을 보존시켜주고 이만큼 정성 들여 키워준 은인이 아니시오. 어서 오시오. 인간 세상에서 만난 사람을 천계에서 다시 만날 줄을 누가 알았던가. 금세 알아보지 못해 미안하오. 여봐라, 너희 자손들아. 이분이 누구신 줄 아느냐. 내가 이분 밑에서 밥을 먹고 도를 닦아 하늘에 와서 너희가 생겨났나니. 우리는 이분에게 목숨을 다 주어도 못 갚을 은혜를 입었다. 그 점을 가슴에 새기고 이 분을 모시는 데 성심을 다하여라.

쥐군들 예이.

왕쥐 댁내 다 두루 편안하시지요. 그래, 이곳은 어떻게 오시었소. 내 당신께 받은 은혜가 많으온데 어찌 갚을까 생각하면 기가 막히더니 오늘에야 기회가 왔습니다 그려.

난수 보다시피 내 삶이란 것이 그리 평안치 못하다.
다름이 아니라. 내 땅에 있을 적에 옥황상제의 딸과 혼인하지 않았더냐. 헌데 일을 그르쳐 그만 날개옷을 들켜 내자가 아이 둘을 안고 하늘로 올라가버리고 말았다. 그러하여 나도 이렇듯 하늘로 올라왔지.

왕쥐 주인어른 재주 좋은 것이야 일찍이 알고 있었사오나 천상까지 오를 줄은 생각지 못하였나이다.

난수 헌데 다들 내가 마땅찮은지 어떻게든 지옥 불에 보내 보겠다고 난리들이니 이를 어찌하면 좋단 말이냐.

왕쥐 어허, 그것 참 안되었습니다. 주인어른 같은 대단하신 분을 왜

마다하는지요. 그래, 그래서 옥제께오서는 어쩌자고 하십디까.

난수 고양이 나라서 잃어버린 옥샐 찾아오라시는구나. 못 찾아오면 그날로 이 목숨을 내놓으라시니.

왕쥐 고양이 나라요? 참으로 안되셨소. 옥제께서는 주인어른을 참으로 죽이실 양이셨나 봅니다. 성질 사나운 고양이 놈들은 천군들도 함부로 하지 못하는데 어찌 인간이신 주인께 그 일을 시키신단 말입니까.

난수 내 이 영감쟁이 그럴 줄 알았지. 어찌하냐 그럼. 난 이제 어찌하면 좋단 말이냐.

왕쥐 (잠시 생각에 잠겼다가) 그리 심려치 마십시오. 제가 어떻게든 해보겠습니다. 여봐라, (쥐군들 모여든다) 여기 이분께서는 내대 이후로 우리 가문의 참 은인이시다. 이분께 은혜를 갚자면 너희 모두의 목숨을 내놓아도 아깝지 않을 것인데, 바로 지금 우리 앞에 그 큰 은혜에 보답할 길이 찾아왔다.

쥐2 그것이 무엇입니까.

왕쥐 고양이 나라에 가서 옥황상제님의 옥새를 찾아오는 것이다.

쥐2 저희가 여기서 아무리 땅굴을 판다 한들 몇 날 며칠이 걸릴지 모르옵고 또 설사 땅굴을 그곳까지 팠다 한들 고양이 놈이 먼저 알고 덮친다면 저희는 꼼짝없이 죽은 목숨입니다요. 헌데 어찌하란 말씀입니까.

왕쥐 좀 전에 내가 한 말을 듣지 못하였느냐. 우리 모두의 목숨을 바쳐도 절대 아깝지 않은 어른이시다. 목숨을 아깝다 여기지 말고 나가 옥새를 가져오라. 너희 짐의 사수부대여, 너희에게 특별히 명하노라. 목숨 걸고 나를 지키듯 이 일을 행하라. 이것이 목숨 바쳐 지킬 너희의 사명이니라.

쥐군들 알겠사옵니다.

왕쥐 짐이 출병을 명하노니 가서 옥새를 가져오라.

출병을 알리는 나팔 소리에 맞춰 쥐군들 출병한다.

왕쥐와 난수, 환담 속에 술잔을 나눈다.

8.

이전과 같이 옥제와 천군들이 보인다.

옥제 앞에 옥새를 들고 들어오는 난수.

모두들 놀라움을 금치 못한다.

경패 이럴 순 없다. 그럴 리 없어.

난수 옥제시여, 이렇듯 옥새를 가져왔사오니 제게 천인의 복을 허락하사이다.

옥제 네 재주가 참으로 신통하구나. 막내 말로 먹고 놀기만 하였다더니 그것이 아니었나보다. 본래 도를 닦는 인물들도 다 일없이 노는 한량으로 보이나니.

난수 그러한가 보옵니다. 내 선견지명이 있어 지상에 있을 적에 쥐한 마리를 애중히 키운 것이 이리 도움이 되었으니 말입니다.

옥제 짐이 말하노니 천인들은 들을지어다. 이제부터 지상의 인간 서난수를 나의 진정한 막냇사위로 받아들이며 우리 가계의

한 일원으로 세우나니 천인들은 이 뜻을 받들지어다.

천인들 (못마땅한 표정으로) 예이.

경패 (하수인에게 귀엣말로) 천리마를 부디 꽁꽁 묶어 두세요.

사이, 어느새 천인들 모두 사라지고 난수와 경패 둘만 남았다.

난수 (경패를 덥석 안으며) 이것이 얼마 만이더냐. (경패의 옷을 사정없이 벗겨내며) 내 그동안 너를 이토록 안고 아드득 쪽쪽 사랑을 나눌 날을 얼마나 오매불망 기다렸는지 아느냐. 어찌하여 너는 나를 두고 도망을 쳤더란 말이냐.

경패 먼저, 궁금한 것이 있사옵니다.

난수 궁금하다니, 무에가?

경패 저를 처음 만난 일부터도 그렇고 이렇게 하늘까지 올라오신 것도 그렇고, 서방님께서는 진정 보통의 인간이 아니신 것이 옵니까?

난수 (경패에게 달려들었던 손을 멈추고) 아하, 어쩌면 정말 보통 사람의 운은 아닐지도 모르지. 하지만 스스로 하늘에 오를 만큼 신통한 능력이 내게 있다거나 내 하늘의 이치와 땅의 이치를 모두 깨달은 도인이라거나 한 건 아니다.

경패 그럼 어찌?

난수 궁금하냐. (사이) 어차피 천인이 된 이상 굳이 더는 비밀로 할 필욘 없겠지. 좋다, 내 말해주마. 잘 들거라, 너와 나의 역사니라. 너를 만나기 전 어느 날이었다. 보통 때처럼 어머니의 등쌀에 밀려 하기 싫은 나뭇짐을 하려고 산으로 올라갔지. 나뭇단을 반쯤 올렸을 때였나, 어디선가 땅 하는 조총 소리가 들리더니 이내 사슴 한 마리가 내 앞으로 폴짝 뛰어드는 것이 아니냐. 지금 와 생각해보면 말도 안 되는 황망한 일이지만, 내 앞으로 뛰어든 사슴은 내게 자신은 하늘에서 벌을 받고 쫓겨난 하늘의 선관인데 지금 사냥꾼에게 쫓기고 있으니 날 좀 숨겨줄 수 없겠느냐고 하는 것이 아니냐.

경패 그래서요?

난수 좋다, 내 숨겨주마. 이러고 나뭇짐 속에 숨겨주었지. 나중에 사냥꾼 놈이 와 나뭇짐 위에 걸터앉는 바람에 하마터면 들킬 뻔도 하였지만 나의 이 넘치는 재치로 위기를 모면할 수 있었다. 사냥꾼이 가고 나뭇짐에서 나온 사슴은 내게 이루고 싶은 소원이 무엇이냐고 묻더구나. 그래서 말했지. 40년 가까이 쓸쓸히 홀로 나를 지켜 온 이내 배를 곱디고운 여인의 배와 한번 맞춰보는 것이 소원이다, 라고. 그랬더니 금세 선녀 못을 알려주더구나. 사슴의 중신이라. 다 하늘의 뜻 아니겠느냐. 그러면서 내게 당부했다. 아이 셋을 낳기 전에는 절대로 날개옷을 보이지 말라고. 내 그것을 어기고 어찌나 후회를 했던지.

경패 그렇다면 하늘에 오신 것도…….

난수 사슴이 알려주었지. 천기누설이네 뭐네 잘난 척을 하면서 말이다. 이제 되었지.

난수, 경패를 다시 탐하기 시작한다.

경패 (난수의 손길을 뿌리치며) 잠시만요, 서방님. 어머님, 어머님은 어찌되셨습니까?

난수 혼자 계시겠지.

경패 서방님께서 여기 오신 지 수일이 지났으니 그곳에선 이미 수년이 흘러갔을 것이옵니다. 서방님께서는 그렇지 않아도 연세 많으신 어머님이 여직 살아는 계실지, 건강은 괜찮으신지 궁금하지도 않으십니까. 아무리 불효자라도 부모님 임종은 지켜드리는 법이옵니다. 잠시 내려가셔서 어머님을 뵙고 모시고 오시는 것이 좋을 듯합니다.

난수 어쩐지 고분고분하다 했다. 날 뭘로 보고. 나 내려 보내놓고 올라오는 길을 막아버리려는 속셈 아니냐.

경패 무슨 말씀이십니까. 아버지께서 맺어주신 인연, 예전과는 다르옵니다.

난수 오호라, 나도 이제 천인이니 날개옷이라도 생기는 건가. 그게 아니라면 어찌 내려갔다 올라올 수 있는지 말해봐라.

경패 일단 내려가실 때는 일전에 그 두레박을 타고 내려가십시오. 그것이 가장 빠르고 안전한 길이옵니다.

난수 올라올 때는?

경패 (품에서 조그만 피리 하날 꺼내며) 이것을 가져다 부십시오. 그리하면 일전에 타셨던 천리마가 서방님 눈앞에 당도할 것입니다. 그러면 어머님과 함께 그걸 타고 오시면 됩니다.

경패가 피리를 불자 이내 말 울음소리가 희미하게 들려온다.

피리를 난수에게 건네는 경패.

경패 시간이 더 가기 전에 어서 떠나시는 게 좋겠습니다.

난수 그래, 내 아무리 배운 것 없어 사람다운 행적 없이 살았어도 마지막까지 불효를 저지를 순 없지.

난수, 두레박 위에 올라탄다.

난수 내 다녀오리다.

경패 부디 몸 성히 어머님 모시고 올라오십시오.

난수를 태운 두레박이 천천히 아래로 내려간다.

사이.

난수의 모습마저 사라지고 마침내 경패의 손에 들려진 두레박줄만이 남게 되었을 때, 가위를 들고 서늘하게 웃음 짓는 경패다.

가위를 손에 바투 잡고 두레박줄을 끊어내는 경패.

길게 이어지는 난수의 외마디 비명소리에 이어 간간이 들려오는 피리 소리, 또 그 피리 소리에 놀라 반응하여 울부짖는 말 울음소리가 뒤섞여 기괴한 소음을 만들어낸다.

마침내 무언가 떨어져 땅에 부딪혀서 깊숙이 박히는 둔탁한 파열음이 들려온다.

경패의 희열에 차 기괴하고 히스테릭한 웃음소리가 하늘을 울린다.

막

옹고집 살인사건

등장인물

허옹가

학대사

옹고집

모친

마님

며느리

아들

원님

기생

형방

이방

종1,2

포졸1

수인1,2

중1,2,3,4

무대

무대는 옛날이야기에 나옴직한 우거진 숲속에 집 한 채가 들어가 있는 형상으로, 집은 그냥 방 두 개가 외부로 드러나 보이는 정도의 형태면 충분하다.

집의 용도는 옹가의 집, 동헌, 감옥 등으로 다양하게 쓰일 수 있도록 만드는 것이 중요하다.

1. 허옹가의 탄생

무대는 어느 산골 마을.

옹고집의 집 대문이 하나 보인다.

소리 듣건대, 옹달우물과 옹연못이 있는 옹진골 옹당촌에 옹좌수라 하는 놈이 심술 맹랑하고 성미 또한 매우 괴팍하여 불효가 막심하기 이를 데 없고 불도를 업신여겨 중을 보면 원수같이 군다 하니, 네 그놈을 찾아가서 책망하고 돌아오라.

학대사 나와 인사하고 옹고집의 집을 향해 돌아선다.

학대사 천수천안 관자재보살, 주상 전하 만만세, 왕비전하 수만세, 시주 많이 하옵시면 극락 세계로 가오리다. 아미타불 관세음보살…….

종1 (급하게 대문 열고 내다보며) 노장 노장, 여보 노장, 소문도 못 들었소? 우리 댁 좌수님이 춘곤을 못 이기사 초당에서 낮잠이 드셨으매, 만일 잠을 깰라치면 동냥은 고사하고 귀 뚫리고 갈 것이니 어서 바삐 돌아가소.

학대사 고루거각 큰 집에서 중의 대접이 어찌하여 이러할까? 소승은 영암 월출봉 취암사에 사옵는데, 법당이 퇴락하여 천리 길 멀다 않고 귀댁에 왔사오니 황금으로 일천 냥만 시주하옵소서.

옹고집 (방에서 일어나 밖을 보며) 어찌 그리 요란하냐?

종1 문밖에 중이 와서 동냥 달라 하나이다.

옹고집 (대문 앞으로 뛰어나와) 괘씸하다 이 중놈아! 시주하면 어쩐다냐?

학대사 (육환장을 눈 위로 높이 들어 합장 배례하며) 황금으로 일천 냥만 시주하옵시면, 소승이 절에 가서 수륙제를 올릴 적에, 아무면 아무촌 아무개라 외우면서 축원을 드리오면 소원대로 되나이다.

옹고집 허허, 네놈 말이 가소롭다. 하늘이 만백성을 마련할 제, 부귀빈천, 자손유무, 복불복을 분별하여 내셨거늘, 네 말대로 한다면 가난할 이 뉘 있으며, 무자(無子)할 이 뉘 있으리? 속세에서 일러오는 인중 마른 중이렷다! 네놈 마음 고약하여 부모 은혜 배반하고, 머리 깎고 중이 되어 부처님의 제자인 양, 아미타불 거짓 공부하는 듯이 어른 보면 동냥 달라, 아이 보면 가자 하니, 불충불효 태심하며, 불측한 네 행실을 내 이미 알았으니 동냥 주어 무엇하리.

학대사 청룡사에 축원 올려 만고영웅 소대성을 낳아 갈충보국하였으며 천수경 공부 고집하여 주상 전하 만수무강 하옵기를 조석으로 발원하니, 이 어찌 갈충보국 아니오며 부모 보은 아니리까? 그런 말씀 아예 마옵소서.

옹고집 네 무엇을 배웠기로 그렇듯 말하느냐? 지식이 있을진대 나의 관상 보아다고.

학대사 좌수님의 상을 살피건대, 눈썹이 길고 미간이 넓으시니 성세는 드날리되, 누당이 곤하시니 자손이 부족하고, 면상이 좁으시니 남의 말을 아니 듣고, 수족이 작으시니 횡사도 할 듯하고, 말년에 상한 병을 얻어 고생하다 죽사오리다.

옹고집 돌쇠, 뭉치, 깡쇠야! 저 중놈을 잡아내라!

종들이 일시에 달려들어 굴갓을 벗겨 던지고 학대사를 휘휘 휘둘러 돌 위에 내동댕이치니 옹고집이 호령한다.

옹고집 미련한 중놈아! 너 같은 완승 놈이 거짓 불도 핑계하여 남의 전곡 턱없이 달라 하니, 너 같은 놈 그저 두지 못하렷다!

옹고집, 종들과 함께 학대사를 마구 때려 내쫓는다.
대문이 닫히면 종들은 흩어지고 옹가는 방으로 들어간다.
옆에서 지켜보던 중들 달려들어 학대사 부축한다.

중1 스승의 높은 술법으로 염라대왕께 전갈하여 강림도령 차사 놓아 옹고집을 잡아다가 지옥 속에 엄히 넣고 세상에 영영 나지 못하게 하옵소서.

학대사 사람 목숨 함부로 다루다니, 불가다.

중2 그러하오면 해동청 보라매 되어 청천운간 높이 떠서 서산에 머물다가 날쌔게 달려들어 옹가 놈 대갈통을 두 발로 덥석 쥐고 두 눈알을 꽉지 떨어진 수박 파듯 하사이다.

학대사 아서라, 아서라. 그도 못 하겠다.

중3 그러하오면 만첩청산 맹호 되어 야삼경 깊은 밤에 담장을 넘어들어 옹가 놈을 물어다가 사람 없는 험한 산 외진 골에서 뼈까지 먹사이다.

학대사 이놈아, 너는 식인을 한단 말이냐.

중4 그러하오면 신미산 여우 되어 분단장 곱게 하고 비단옷 맵시 내어 호색하는 옹고집 품에 누워 단순호치 빵긋 벌려 좋은 말로 옹고집을 속일 적에 '첩은 본디 월궁 선녀이옵는데, 옥황상제께 죄를 얻어 인간계로 내치시매 갈 바를 몰랐더니, 산신님이 불러들여 좌수님과 연분이 있다 하여 지시하옵기로 이에 찾아왔나이다.' 하며 온갖 교태 내보이면, 호색하는 그 놈이라 필경에는 대혹하여, 등 치며 배 만지며 온갖 희롱 진탕하다 촉풍상한 덧들려서 말라죽게 하옵소서.

학대사 니가 해라, 니가. 나보고 그놈과 놀아나라니, 죽으면 죽었지 그 짓은 못 하겠다. 너희들은 어찌하여 죄인을 죽일 생각만 한단 말이냐. (사이, 곰곰이 생각 끝에 괴이한 꾀 나는지) 짚 한 단 가져오너라.

중들 일시 정지하면 짚 한 단이 던져진다.

2. 옹고집 살인사건

무대는 옹고집의 집 마당.

소일거리 하는 종들과 며느리, 초당에 모친, 안채에 마님과 옹고집 등이 보인다.

모친 (초당 안에서 얼굴 내밀며 섧게 운다) 너를 낳아 길러 낼 제 애지중지 보살피며, 보옥같이 귀히 여겨 은자동아, 금자동아, 고이 자란 백옥동아, 천지만물 일월동아, 아국사랑 간간동아, 하늘같이 어질거라, 땅같이 너릅거라 금을 준들 너를 사며 은을 준들 너를 사랴. 천생 인간 무가보는 너 하나뿐이로다. 이같이 사랑하며 너 하나를 키웠거늘, 천지간에 이러한 어미 공을 네 어찌 모르느냐.

옹고집 자식새끼 키우는 거야 당연한 일 아니요.

모친 옛날에 효자 왕상이는 얼음 속의 잉어를 낚아다가 병든 모친 봉양하였거늘, 그렇지는 못할망정 불효는 면하렷다.

옹고집 모친 나이 벌써 팔십이요 팔십. 진시황 같은 이도 만리장성 쌓아놓고, 삼천 궁녀 두루 돌아 찾아들며 천년만년 살고지고 하였으되, 이산에 한 분총 무덤 속에 죽어 있고, 안연 같은 현학사도 불과 삼십 세에 요절하였거늘 오래 살아 무엇 하리. 인간 칠십 고희래라 하였으니, 팔십이 된 우리 모친 살 만큼 살기도 하였건만. 오래 살면 욕심이 많아진다 하니 우리 모친 그 뉘라서 단명할꼬. 도척같이 몹쓸 놈도 천추에 유명하거늘, 어찌 나를 시비하리요?(초당 문 닫힌다)

이때, 허수아비 허옹가, 옹가네 마당으로 들어서면 종1과 2, 어안이 벙벙하여 쳐다본다.

허옹가 늙은 종 돌쇠야, 젊은 종 몽치, 깡쇠야, 어찌 그리 게으르고 방자하냐? 말 콩 주고 여물 썰어라! 춘단이는 바삐 나와 발 쓸어라.

옹고집 어떠한 손이 왔기로 이렇듯 사랑채가 소란하냐?

허옹가 그대 어쩐 사람이기로 예 없이 남의 집에 들어와 주인인 체하느뇨?

옹고집 (마당으로 나와) 아니, 누가 누구를 탓하는 게야. 네가 나의 형세 유족함을 듣고 재물을 탈취코자 집 안으로 당돌히 들었으니 내 어찌 그저 두랴. 깡쇠야, 이놈을 잡아내라.

노복들 얼이 빠져 이도 보고 저도 보고, 이리 보고 저리 보나 이옹 저옹이 같은지라, 두 옹이 아옹다옹 맞다투니 그 옹이 그 옹이라. 입 다

물고 말없더니, 곧장 안채로 들어가서 마님께 아뢴다.

종1 일이 났소, 일이 났소. 아씨님 일이 났소! 우리 댁 좌수님이 둘이 되었으니 보던 중 처음입니다. 집안에 이런 변이 세상에 또 있겠습니까.

마님 에고 에고, 이게 웬 말이냐.

종2 마님 마님. 두 좌수님 모두가 흡사하와, 소비는 전혀 알아볼 수 없사옵니다. 양옹이 옹옹하니 이옹이 저옹 같고 저옹이 이옹 같아 양옹이 흡사하니 분별치 못하겠나이다.

마님 좌수님이 중만 보면 당장에 묶어 놓고 악한 형벌 마구 하여 불도를 업신여기며, 팔십 당년 늙은 모친 박대한 죄 어찌 없을까 보냐.

종1 천벌을 받았고만요. 받아도 싸지.

마님 땅 신령이 발동하고 부처님이 도술 부려 하늘이 내리신 죄, 인력으로 어찌하리.

허옹가와 옹고집, 서로 자기가 진짜라며 한참 실랑이를 벌이고 있는 중이다.

마당으로 모인 가족들 모두 어리둥절하다.

종1 두 옹이 아옹다옹 맞다투니 그 옹이 그 옹이요, 백운심처 깊은 곳에 처사 찾기는 쉬울망정, 백주당상 이 방 안에 우리 댁 좌수님 찾을 가망 전혀 없겠습니다.

마님 뉘라서 까마귀 암수를 알아보리요? 뉘라서 어찌 두 좌수의 진위를 가리리요?

허옹가 이거 환장하것네.

옹고집 누가 할 소릴 하는 게냐. 이놈.

마님 (생각난 듯) 우리 집 좌수님은 새로이 좌수 되어 도포를 성급히 다루다가 불똥이 떨어져서 안자락이 탔으므로, 구멍이 나 있으니, 그것을 찾아보면 진위를 가릴지라. 알아볼 일 있사오니 도포를 보사이다. 안자락에 불똥구멍 있나이다.

옹고집 예 있소, 보시오. 구멍 난 자국.

허옹가 가소롭다. 남산 위에 봉화 들 때 종각 인경 땡땡 치고, 사대문을 활짝 열 때 순라군이 제격이라, 그만한 표는 나도 있다.

허옹가와 옹고집, 도포 안자락을 서로 들추어 보여준다.

마님 에고 이게 웬 변일꼬? 불구멍이 두 좌수께 다 있으니 전혀 알 길이 없소이다.

며느리 집안에 변을 보매 체모가 아니 서니 이 몸이 밝히오리다.

허옹가 (앞으로 나서며) 아가 아가, 게 앉아 자세히 들어 보거라. 창원 땅 마산포서 너의 신행하여 오던 날, 십여 필마 바리로 온갖 기물 실어 두고 내가 후행으로 따라올 제. 상사마 한 놈이 암말보고 날뛰다가 뒤뚱거려 실은 것을 파삭파삭 결딴내어, 놋동이는 한복판이 뚫어져서 못 쓰게 되었기로 벽장에 넣었거늘. 이도 또한 헛말이냐? 너의 시아비는 바로 내로다.

옹고집 (기가 막혀 앞으로 나서며) 에고 저놈 보게. 내가 할 말 제가 하니, 에고 에고 이 일을 어찌하리. 새아기야, 내 얼굴을 자세히 보라. 네 시아비는 내 아니냐.

며느리 우리 아버님은 머리 위로 금이 있고, 금 가운데 흰머리가 있사오니 그 표를 보사이다.

허옹가 며느리야. 내 머리를 자세히 보라.

며느리 (허옹가의 머리를 살펴보고는) 틀림없는 우리 시아버님이오.

옹고집 (주먹으로 가슴 치고 머리를 지끈지끈 두드리며) 에고 에고, 허옹가는 아비 삼고 실옹가를 구박하니, 기막혀 나 죽겠네. 내 마음에 맺힌 설움 누구보고 하소연하랴.

모친 (이옹 저옹 살펴보고 주저앉아 섧게 울며) 이런 변이 어디 있나. 전생에 무슨 득죄하였기로 이년의 드센 팔자 이렇듯 애통할꼬. 에고 에고 내 팔자야.

허옹가 (모친을 초당으로 모시며) 날 서늘하고 바닥이 찬데 어찌 버선발로 나오십니까. 야, 이놈 돌쇠야 어서 군불 지펴 넣지 않고 뭐 하는 게냐.

옹고집 어허, 이놈아 햇볕이 저러구 내리 쪼는데 춥긴 뭐가 춥다고 군불을 지핀단 말이냐. 어허, 속 탄다. 냉수나 한 사발 들여라.

종들 모두 어찌할 바 모르고 허둥지둥한다.

허옹가 뭐 하는 게냐. 돌쇠야, 내 말 안 들리느냐. 어서 불 지피고 뒤뜰에 가 닭 한 마리 잡아오너라. 모친 허약하시니 푹 고아서 몸보신이나 해드려야겠다.

옹고집 아니, 네 이놈. 니가 뭐라고 멀쩡한 남의 집 닭을 잡는단 말이냐. 관가로 가자 이놈.

허옹가 에고 에고, 저놈 보게, 내가 할 말 제가 하네. 네 이놈, 너야말로 관가로 가 장채 안동하여 월경시킬 노릇이라.

마님 에고 에고 내 팔자야. 여필종부 옛말대로 한 낭군 모셨거늘, 이제 와 이도 같고 저도 같은 두 낭군이 웬 변인고. 내 행실 가지기를 송백같이 굳었거늘, 두 낭군을 어찌 새삼 섬기리오.

옹고집 여보 마누래. 자네마저 이럴 텐가. (옷을 벗으며) 내가 옷이라도 벗어 보일라네. 보고 판단하소.

허옹가 (옹고집 만류하며) 아니 남녀가 유별할진대, 네 이놈 뉘 앞에서 망동이냐.

옹고집 확실해. 가짜야 가짜. 내가 옷만 벗으면 확실해진다니까.

허옹가 됐고. 여보 임자. 내 말을 자세히 들어보오. 우리 둘이 첫날밤 신방으로 들었을 때, 내가 먼저 동품하자 하였더니 언짢은 기색으로 임자가 돌아앉기로, 내 다시 타이르며 좋은 말로 임자를 호릴 적에 '이같이 좋은 밤은 백년에 한 번 있을 뿐인지라 어찌 서로 허송하랴' 하자, 그제서야 임자가 순응하여 서로 동품하였으니, 그런 일을 더듬어서 진위를 분별하소.

마님 (부끄러운 듯) 우세스럽게 어찌 그런 말을 예서 하오.

허옹가 맞는가, 틀린가.

마님 그때의 애틋함을 내 어찌 잊으리오.

옹고집 에고 에고 저놈 보게. 제가 낸 체 천연히 들어앉아 좋은 말로 저렇듯 늘어놓네. (허옹에게 달려들 듯하자 종들 급히 붙잡는다) 이놈 죽일 놈아, 네가 옹가냐 내가 옹가제.

허옹가 세간은 고사하고 자칫하면 자네마저 놓칠 터. 자네 얼굴 다시 보니 이런 경사 또 있는가? 며늘아, 곳간에 쌀 퍼다가 떡을 지어

한상 가득 잔치 벌여 보자꾸나.

옹고집 (종들 뿌리치고 허옹가와 멱살잽이 한다) 네 이놈 누구의 곳간을 털 셈이냐. 곳간에 쌀 들인 지 며칠이 되었다고.

허옹가와 옹고집 서로의 멱살을 잡아 쥔 상태에서 잠시 정지.

가족들 객석 쪽으로 나선다.

모친 이심. 자식 잘못 키운 죄인 할 말은 없겠으나. 사람 만들 마지막 기회라 생각한다. 저 불효막심한 놈.

마님 전심. 죄는 벌로써 받아야겠지요. 하늘이 우리에게 주신 마지막 기회일지도 모르구요.

아들 작심. 전 정말 잘 모르겠습니다.

종1 (마치 해설자처럼) 모두 보아 짐작건대 실옹좌수 분명하나 그 불효, 그 심술이 괘씸키도 하고 두렵기도 하매 서로 이심전심 작심하여 실옹좌수 내쫓기로 하였겠다.

모친 (허옹가 향해 먼저 나서며) 세상천지 이런 효자 또 있을까. 은자동아, 금자동아, 고이 자란 백옥동아, 천지 만물 일월동아, 아국 사랑 간간동아, 분명한 내 아들이로구나.

마님 (허옹가 두둔하며) 우리 둘이 만났을 제 여필종부 본을 받아 서산에 지는 해를 긴 노를 잡아매고 길이 영화 누리면서 살아서 이별 말고 죽어도 한날 죽자 이렇듯이 천지에 맹세하고 일월도 보았거늘, 뜻밖에 변이 나니 꿈인가 생시인가. 이 일이 웬일일고 하였나이다. 도덕 높은 공부자도 양호의 화액을 입었다가 도로 놓여 성인 되셨으매, 자고로 성인들도 한때 곤액 있거니와, 이런 괴변 또 있으리오.

아들 (옹고집을 끌어내며) 네 이놈, 네놈은 흉칙한 인간으로서, 음흉한 뜻을 두고 남의 세간 탈취코자 하였으니, 죄상인즉 마땅히 의율 정배할 것이로되, 가벼이 처벌하니 바삐 끌어내어 물리쳐라.

하인들이 옹고집 끌어내어 매질한다.

아들 네 이놈! 차후에도 옹가라 하겠느냐?

옹고집 (생각 끝에) 예, 옹가가 아니오니, 처분대로 하옵소서.

하인들, 옹고집을 문밖으로 끌어내려 한다.

허옹가 아니라, 저놈은 언제고 다시 돌아와 내 노릇을 할 터. 그 숨통 끊는 것이 마땅하다.

허옹가, 옹고집에게 달려들어 숨통을 끊는다.

벌겋게 피를 쏟고 쓰러지는 옹고집.

가족들 말릴 틈 없이 벌어진 사건에 아연실색한다.

일시 정지.

이어 요란한 굉음과 함께 번개 친다.

이 모든 걸 관할했던 학대사, 잘못되어 가는 상황을 보고 스스로 나무에 목을 매어 자결한 모습이 그림자로 비친다.

3. 원님의 심판

무대는 마을 동헌.

원님은 기생 불러놓고 수작 중이다.

옹고집의 식솔들 허옹가를 끌고 들어온다.

원님 (허옹가를 맞아들며) 이게 뉘신가? 허허 이거 옹좌수 아닌가. 달포를 못 보았는데, 그새 댁내 무고한가?

허옹가 집안에 변괴 있어 이렇듯 편치도 못하옵니다. 어디서 온 누구인지 말투와 몸놀림에 형용도 흡사하여, 나와 같은 자 들어와서 옹좌수라 일컬으며, 나의 재물 빼앗고자 몹쓸 비계 부리면서 낸 체하고 가산을 분별하니 이런 변이 어디 또 있겠나이까?

아들 (허옹가의 멱살을 잡고) 아니, 이놈이 아직도.

원님 아니 이게 무슨 짓이냐. 감히 내 앞에서 아비를 능욕하려 들다니. 불효의 죄를 모른단 말이더냐. (허옹가를 부축하고 동헌마루로 든다) 이 양반께 술 권하라.

일색 기생이 술을 들고 권주가를 부른다.

기생 잡으시오, 잡으시오, 이 술 한잔 잡으시오. 이 술 한잔 잡으시면 천년만년 사시리라. 이는 술이 아니오라 한무제가 승로반에 이슬 받은 것이오니 쓰나 다나 잡수시오.

허옹가 역시나 성주께서 흑백을 가려 주시니, 그 은혜 백골난망이옵니다. 겨를을 내시어서 한 차례 민의 집에 나오시오. 막걸리로 한잔 술대접하오리다.

모친 그놈은 내 아들이 아니요 참말. 저놈이, 저 망할 놈이 정작 우리 아들을……. (기함하고 쓰러진다.)

종1・2 에구 노마님.

종1 그러게 우째 아들도 몰라봐가 이런데요.

허옹가 (모친을 보고 뛰어 와서) 어머님 정신 차리시오. 이게 뭔 짓이요 참말.

마님 이놈이 우리 댁 좌수님을 결단을 내었소. 사또 어서 이 악랄한 놈을 잡아들여 의율정배 하옵시오.

며느리 (허리 숙여 울먹이며) 처분하여 주옵소서 사또.

원님 도무지 무슨 소린지. 원 참, 다들 어디가 아픈 게요. 자기가 자기를 어찌 죽이나. (곰곰 생각 후) 아하, 모두가 한통속으로 짜고 옹좌수를 골탕먹이는 게로군. 그럴 거였으면 미리 나한테 와서 귀띔이라도 하잖구요. 자네 내 언제 이러구 호되게 당할 줄 알았네. 그러게 집안 식솔들한테 그리 못되게 굴더니만.

아들 저놈이 내 아비의 이름을 사칭하고 집안으로 난입하여 우리 집안사람들을 농락하였삽더니 결국은 저의 아비를 죽였사옵니다.

원님 알았다, 알아. 이놈이 옹좌수를 죽였다.(허옹가를 살피며) 누가 누굴 죽였다는 겐지…….

모친 (정신이 들자 허옹가를 밀쳐낸다) 썩 꺼져라 이놈. 사또, 내 비록 아들 잘못 키운 죄로 대궐 같은 집 얼음장 같은 방에 누워 지내는 못난 뒷방 늙은이이오나 어미는 어미일진대 설마하니 내 배 아파 낳은 친자식도 알아보지 못하겠소. 이놈, 이놈, 어서 처분하여 줍시오.(섧게 운다) 아이고, 고집아. 내 아들 고집아.

원님 보아하니 쉽게 끝날 일 같지가 않네 그려. 그러기에 미리 좀 잘 하지 않고는…….

허옹가 말투와 몸놀림에 형용까지 흡사한 놈이 들어와 내 행세를 한 것은 사실이옵니다. 허나 식솔들 모두가 이러저러한 탐색 가운데 진짜인 나를 알아내었고 곧 놈을 내어 쫓았지요.

원님 헌데 왜 동헌까지 와서 이 난리더란 말이냐.

아들 아니옵니다. 이놈은 분명 우리 아비가 아니옵니다.

마님 사또, 이 자를 심문하여 보옵소서. 분명 밝혀질 것이옵니다.

원님 정이 그러하다면 좋다. 어떤 방법이 좋을꼬.

형방 호적을 상고하여 보소서.

원님 그 말이 옳도다.(호적색을 펼쳐들고) 호적을 상고하여 보라.

허옹가 자하골 김등네 좌정하였을 적에, 민의 아비 좌수로 거행하며 백성을 애휼하온 공으로 말미암아 온갖 부역을 삭감하였기로 관내에 유명하오니, 옹돌면 제일호 유생 옹고집이요, 고집의 나이 삼십칠 세요, 부학생은 옹송이온데 절충장군이옵고, 조는 상이오나 오위장 지내옵고, 고조는 맹송이요, 본은 해주이오며, 처는 진주 최씨요, 아들놈은 골이온데 나이는 십구 세 무인생이요, 하인으로 천비 소생 돌쇠가 있소이다.

원님 (의심이 가는 듯) 그러하면 너의 집 세간을 한번 불러 보거라.

허옹가 민의 세간을 아뢰리다. 논밭 곡식 합하여 이천백 석이요, 마구간에 기마가 여섯 필이요, 암수돼지 합하여 스물두 마리요, 암탉 수탉 합 육십 수요, 기물 등속으로 안성 방자유기 열 벌이요, 앞닫이 반닫이에, 이층 장, 화류문갑, 용장, 봉장, 가께수리, 산수병풍, 연병풍 다 있사옵고, 모란 그린 병풍 한 벌은 민의 자식 신혼 시에 매화 그린 폭이 없어져 고치고자 다락에 따로 얹어 두었사오니 그것으로도 아옵시고, 책자로 말하오면 천자, 당음, 당률, 사략, 통감, 소학, 대학, 논어, 맹자, 시전, 서전, 주역, 춘추, 예기, 주벽, 총목까지 쌓아 두었소이다. 또 은가락지가 이십 걸이, 금반지는 한 죽이요, 비단으로 말하오면 청, 홍, 자색 합쳐서 열세 필이요, 모시가 서른 통이요, 명주가 마흔 통. 이 중, 한 필은 민의 큰 딸아이가 첫 몸을 보았기로 개짐을 명주 통에 끼웠더니, 피가 조금 묻었으매, 이것을 보아도 명명백백 알 것이오. 진신, 마른신이 석죽이요, 쌍코줄변자가 여섯 켤레 중에 한 켤레는 이달 초사흘 밤에 쥐가 코를 갉아먹어 신지 못하옵고 안 벽장에 넣었으니, 이것도 염문하와 하나라도 틀리오면 곤장 맞고 죽사와도 할 말이 없사옵니다. 극악무도한 놈이 민의 세간 이렇듯이 넉넉함을 얻어듣고, 욕심내어 송정 요란케 하오니, 저렇듯 무도한 놈을 처단함을 어찌 탓하리오.

원님 어떠한가.

마님 우리 댁 좌수님께서 세간 살림은 안주인인 소첩보다 밝은 것이 사실이오나.

원님 이오나.

마님 저토록 호적을 좔좔좔 꿰고 있다는 것은 아뢰기 황공하오나 의심의 여지가 있음이옵니다.

원님 허긴. 그렇다고는 하나 에이, 저는 분명 옹좌수인데. 도무지 어찌된 영문이란 말인가.

마님 그뿐이 아니옵니다. 어머님을 대하는 저자의 태도를 보옵소서. 아뢰기 민망한 말씀이오나 실옹좌수였다면 기실 어머님께서 쓰러지시자마자 관도 필요없이 바로 파묻으려 들었을 것이옵니다. 저자는 분명 우리 댁 좌수님이 아니옵니다.

허옹가 그동안에는 내 그리하였을지 모르겠으나 지금은 다르오. 이토록 어려운 난제를 맞이하여……. 오, 옳거니 개과천선하였다고 하지. 그래 인간의 도리를 행하였기로 그것이 죄가 된단 말인가.

모친 이놈아, 상전벽해랬다고 사람 됨됨이가 어찌 하루 사이에 손바닥 뒤집듯 변한다더냐.

원님 허허, 허나 모친께서나 부인께서도 실옹좌수를 가려내었다고 하지 않았소?

허옹가 그러하옵니다. 허옹가 놈을 가려내어 대문 밖으로 내치기까지 하였습니다.

원님 말씀대로 진정 살인이 벌어졌다면 두 분도 살인 방조 및 교사(教唆)죄를 면치 못할 게요. 아니, 여기 있는 사람 모두에게 그

죄를 물을 것이다. 그리 진중한 일을 어찌 이리 소홀히 다루었단 말인가.

모친 (선뜻 놀라) 이리 보고 저리 보나 이옹 저옹이 같은지라, 두 옹이 아옹다옹 맞다투니 그 옹이 그 옹이요.

마님 두 분이 똑같으니, 소첩인들 어이 알겠사옵니까? 애통하오, 애통하오.

종1·2 두 좌수님 모두가 흡사하와, 소비는 전혀 알아볼 수 없었사옵니다.

원님 그릇된 판단으로 인해 사람이 죽었으니 죄를 아니 물을 순 없다.

며느리 아버님이 돌아가셨다고는 하나 기실 저는 이 일이 어찌된 영문인지 알지 못하나이다. 저의 억울함을 살펴주옵소서.

모친 아옹다옹 양옹이 옹옹하니 이옹이 저옹 같고 저옹이 이옹 같아 정신이 혼미하매 판단력 잃은 불지불각 저놈이 뛰어들어 그러구 숨통을 끊어 놓았으니……. 저라고 그걸 무슨 수로 막겠사옵니까.

허옹가 이미 가려진 일을 가지고 왜 다시 송사하는 것인지 참으로 알 수 없사옵니다. 그도 다름 아닌 권솔들에게 이런 수모를 당하게 될 줄은…….

원님 나에게 송사를 가져왔으니 그냥 넘어갈 수는 없는 일. 살인 사건 접수하고. (수사반장 음악 나오면 현대적인 옷차림의 조사원들 등장한다) 좋다, 그럼 시체는 어딨나? 살인 사건에 시체가 있어야지.

종1 시체요? 잠깐, 스톱.

모두 일시 정지.

옹고집의 가족들만 앞으로 모인다.

종1 어쩔 것이요. 여기서 그 시체 내놓고 모두 다 감옥 갈라요? 모두 꼼짝없이 살인교사범이 된다 이 말이요. 참말로 일이 이러구 커져 버리면 큰일인디.

모친 살인 교사라니 그게 뭐냐.

아들 범죄자의 범행을 묵인하여 범행, 즉 남을 부추겨 살인을 하게 하는 일로 살인한 자와 동일한 처벌을 받는 그야말로 중죄라 할 수 있지요.

모친 결국엔 집안이 망할려구 이리된 게야 결국엔. 내 더 살게 아니다.

모친, 목매달고 죽으려 한다. 종복들과 마님, 달려들어 애써 말린다.

종1 안 그래도 죽게 생겼응게.

종2 좌수님 돌아가신 거는 돌아가신 거고.

종1 인과응보라구 받을 벌 받은 거 아니겠어요.

모친 뭐라, 네 이놈. 옹좌수 비록 심술 고집으로 일생을 버텨온 몹쓸 놈이라 할지라도 하늘 같은 네 상전이 아니더냐.

종1 (새삼스럽다는 듯 눈을 흘기며) 땅 하늘 뒤집어진 지 오래요. 시대가 어느 땐데.

모친 누대에 걸친 가문의 영광, 나로 인하여 멸문지화의 길을 걷는구나.

아들 어머니, 신중히 선택하셔야 할 듯하옵니다. 이는 진정 우리 가문의 앞날이 달린 중차대한 일이라 사려되옵니다.

종2 집안이 쑥대밭 되게 할 순 없잖소.

모친 오냐오냐, 네 말이 옳다.

마님 좋다. (원님 앞으로 나서며) 사또, 이렇듯 사사로운 일로 동헌을 혼란케 한 점 하해와 같은 아량 베풀어 너그러이 용서하여 주옵소서.

원님 말해보오. 시체는 어딨는가.

마님 아뢰옵기 민망하오나 시체는 없사옵니다.

허옹가 시체라면…….

종1,2가 허옹가의 입을 막고 끌어낸다.

원님 시체가 없다, 살인 사건에 시체가 없다는 게 말이 되나.

마님 사또께서도 아시는 바, 저희 옹좌수께서 평소 심술 고약하고 성미 또한 매우 괴팍하여 불효가 막심하기 이를 데 없고 불도를 업신여겨 중을 보면 원수같이 구니 그 간악함이 하늘을 찌르기에 이르렀습니다. 이에 마침내 하늘에서 벌을 내려 개과천선의 도를 행하니 좌수께서 둘이 되셨으매 잠시 동안 곤란함을 겪었나이다. 허나 가족 간의 깊은 신뢰로 곧 그 어려움을 이겨낼 수 있었습니다.

원님 허면 살인 사건은 뭔가.

마님 좌수님을 시험해 보고자 낸 묘책이었습니다.

원님 시험이라.

마님 좌수님의 정한 진위 여부와 더불어 좌수님의 개조된 심성을 파악해보고자.

원님 그리하여 이토록 나를 혼란케 하는가. 공무집행방해죄가 얼마나 큰지 아오.

마님 동헌을 어지럽힌 일은 죽음으로도 용서받기 어려울 줄 아옵니다. 허나 저희 일가에게는 집안의 사활이 걸린 중차대한 문제기에 이렇듯 무례를 무릅쓰고 사또께 나올 수밖에 없었사옵니다. 감찰하여 주옵소서.

허옹가 (반색하며 종들을 물리치고) 내는 그런 줄도 모르고 자네를 원망할 뻔하였네. (마님의 손을 잡고) 용서하시게. 내는 정말 그러한 줄 몰랐네.

원님 내 이럴 줄 알았지. 애초에 옹좌수가 옹좌수를 죽였다 하여 옹좌수를 끌고 온다는 게 말이 아니되지. 어떠한 작자인지는 모르나 자네 큰 욕 볼 뻔하였네. 자네 그동안의 못된 행실 괘씸히 여겨 가족들이 진짜와 가짜를 바꿔 말하기라도 하였으면 어쩔 뻔하였나.

허옹가 화근은 싹부터 잘라야 하는 법. 앞으로는 그러한 일이 없도록 내 그놈을…….

마님 (말 자르고) 지엄하신 사또님께서 이토록 고을을 살피시는데 설마하니 또 그런 일이 있겠사옵니까. 염려치 마소서.

원님 맞소. 잃었던 친우 되찾았으니 이 아니 반가운가. 어서 올라와 내 술 한잔 받으시게.

기생 (허옹가 동헌 마루로 올라와 잔을 받는다) 잡으시오, 잡으시오,

이 술 한잔 잡으시오. 이 술 한잔 잡으시면 천년만년 사시리라. 불로초로 술을 빚어, 만년 배에 가득 부어, 비나이다. 남산수(南山壽)를 약산동대(藥山東臺) 이즈러진 바회, 꽃을 꺾어 수를 놓며, 무궁무진 먹사이다.

원님 다른 분들은 돌아가셔도 좋소. (종복들에게) 어서 뫼시고 돌아가거라.

옹고집의 가족들 넋 나간 사람들 모양 맥이 풀려서 나간다.

원님 수사원 차림의 포졸을 한 사람 동헌 한쪽으로 불러온다.

원님 아무래도 수상하니 너는 앞으로 저들의 행실을 살펴 저저이 알리거라.

포졸 알겠사옵니다.

허옹가(술에 취한 듯)사또 어서 와서 제 술 한잔 받으시지요.

허옹가 취기를 못 이겨 앞으로 꼬꾸라진다.

일시 정지.

4. 살아남은 자들

마님과 모친.

모친은 머리에 띠 두르고 시름시름 앓고 있다.

마님 도무지 무슨 조화인지. 어머님 혹여 쌍둥이이지나 않았는지요.

모친 내 배 아파 낳은 자식이다. 배 안에 태동을 느껴도 하나 둘을 구분 못 할까.

마님 이처럼 기막힌 일, 그 연유를 알 수 없사오니 하늘이 두려운 일이요. 세상에 나고 보니 집안의 망신이라. 어찌됐던 해결은 하여야 할 터인데…….

모친 세상사 남가일몽이라, 덧없고 덧없으니 지금 내 심사와 같구나. 아무래도 심란하니 그만두거라.

마님 혹여 그가 실옹좌수일 수도 있는 일이 아니옵니까.

모친 너는 니 서방 아니라 하면 아닐 수도 있는 일이겠다만 나는 내

배 속에 넣고 열 달을 키워낸 자식이다. 어찌 어미 된 자로 친자식을 몰라본단 말이냐. 한번 죽은 자식 또 죽일 수 없다. 아이고 고집아. (돌아눕는다)

허옹가, 집 안으로 들어선다.

허옹가 이놈 돌쇠, 깡쇠, 몽치야. 무얼 하기에 집 안이 이리도 난장판이더냐. 사또께서 하도 극진히 대접하시어 하루 유숙하고 왔기로 집안 꼴이 어찌 이토록 어수선하단 말이냐. 어서 일 찾아 하거라. 일.

종2 에고 에고 마님, 저놈이 또 왔소이다. 천살을 맞았는지 또 와서 지랄하니 이 일을 어찌하오리까.

마님 조용히 하거라. 우리가 어찌 집으로 돌아왔는지 그새 잊었더냐.

허옹가 (기막혀 하다 종2를 비로 때리며) 이놈아, 이놈아 천살은 네가 맞았겠다. 어서 일하지 못하겠느냐. 며늘아기는 명주 짜고 아들놈은 소여물 주고, 돌쇠놈은 삿자리 엮고 네놈은 어서 창고의 곡식 꺼내 방아를 찧도록 하여라. 어서 바삐 움직이거라. 어디서 놀고 먹을려구 들어.

모두 허옹가의 말대로 부산히 움직인다.

모친, 허옹의 목소리에 옹가인 듯하여 허둥지둥 일어난다.

모친 노루 피하니 범 나온다더니. (앓는 소리를 하며 허옹을 등진다.)

허옹가 모친께선 아직도 자리보전하시었소. 일하지 않는 자 먹지도 말랬다고 하루에 한 끼만 들이도록 하오. 그도 기력 없어 자시기도 힘들 테니 멀건 미음으로 하고.

마님 지극한 어머님 생각은 어디 가시고 이리 박정하게 말씀하십니까.

허옹가 이것이 본래 나의 본모습 아니었던가. 난 자네가 이르는 대로 할 뿐이네.

모친 하늘이 두렵지도 않느냐, 네 이놈. 네 진정 내 아들이면…….

모친, 기함하고 쓰러진다.

아들 달려와 허옹가의 멱살을 잡는다.

마님 네 무슨 짓이냐. 세상천지 아비 멱살을 잡는 아들이 어딨다더냐.

아들 어머니, 이건 아닌 듯 하옵니다. 다시 생각해 보심이.

허옹가 (아들의 손을 뿌리치며) 또다시 나를 모함하려 드는 게냐. 내 너를 어찌 키웠는데.

마님 어서 부친께 머리 조아려 사죄토록 해라.

아들 불초소생 부디 용서하여 주옵소서. (말이 끝남과 동시에 뛰쳐나간다.)

허옹가 네 행실 패려하기 이를 데 없구나. 괘씸한 놈 같으니라구.

허옹가, 심히 노하여 퇴장한다.

며느리 갈수록 일이 어려워지는 듯합니다.

마님 이미 돌이킬 수 없는 지경에 이르렀다. 한번 묻기로 하였으니 깨끗이 묻도록 하자. 이놈 돌쇠야, 좌수님은 아무도 모르는 곳에 잘 안장을 하였겠다.

종1 좌수님이라닙쇼? 어느 좌수님 말씀이십니까요.

마님 어느 좌수님이냐니. 실옹좌수 말이시다.

종1 실옹좌수라 하시면 현재에 현현하신 실시간 옹좌수님을 말씀하시는 겁니까. 허허 실실 허무하게 돌아가신 옹좌수님을 말씀하시는 겁니까.

마님 네 이놈, 왜 자꾸 딴소릴 하는 게냐. 허망하게 돌아가신 진짜 옹좌수님 말이시다.

종1 아, 예. 진즉에 그리 말씀하시지요. 저희가 아무도 모르는 심산굴곡에 고이 파묻어 두고 왔습니다요.

마님 틀림이 없으렸다.

종1 걱정을 마사이다.

집 안 조명이 꺼지고 중앙 무대 뒤편 산속이 보인다.

'우우' 울어대는 부엉새 소리, 올빼미 소리, 가끔 푸드덕대는 날갯짓 소리들이 공포감을 자아낸다.

사이. 관 하나를 둘러멘 종1과 종2 보인다.

종2 아이고, 그러고 심술을 부려쌓더니 잘되었소.

종1 어쨌거나 마지막 가시는 길은 우리가 모실 테니 잘 가시오. 어느만큼 올라온 듯한데 이쯤에서 땅을 파볼까.

종2　좋지. 나도 더 이상은 못 올라갈 듯하이. 월출봉이 생각보다 심산굴곡허여.

종1　(관 내리고 땅을 파며) 이놈의 심보가.

종2　(땅 파며) 완전 놀보 심보라.

종1　그 심사를 볼작시면 초상난 데 춤추기.

종2　불붙는 데 부채질하기.

종1　해산한 데 개 잡기.

종2　장에 가면 억매(抑賣) 흥정하기.

종1　집에서 몹쓸 노릇하기.

종2　우는 아해 볼기 치기.

종1　갓 난 아해 똥 먹이기.

종2　무죄한 놈 뺨치기.

종1　빚값에 계집 뺏기.

종2　늙은 영감 덜미 잡기.

종1　아해 밴 계집 배 차기.

종2　우물 밑에 똥 누기.

종1　패는 곡식 이삭 자르기.

종2　잦힌 밥에 흙 퍼붓기.

종1　호박에 말뚝 박기.

종2　오려논에 물 터놓기.

종1　곱사장이 엎어놓고 발꿈치로 탕탕 치기.

종2　심사가 모과나무의 아들이라.

종1　(땅을 다 판 듯 관을 들어보며) 어이구 어찌하다 이리되셨소.

학대사 모습 보인다. 그 형상이 어쩐지 산 사람 같지 않게 서늘하다.

학대사 게서 뭐 하는가.

종2 (놀라) 누구요.

학대사 이 산에 주인이다.

종1 (주저앉아 가슴을 쓸어내리며) 간 떨어질 뻔했구만. 산지기나 되오.

학대사 취암사 학대사니라.

종2 아니 스님께서 이 시간에 불공은 안 드리시고 무슨 까닭으로 이 산중에 계십니까요.

학대사 내 하도 기가 막힌 일이 벌어졌기로 수습하러 가는 중이다.

종1 기가 막힌 일이라 하셨습니까. 아무리 그리하여도 저희만은 못하실 겁니다요.

종2 기만 막히나 귀 뚫리고 눈 튀어나올 일이지.

학대사 내 너희와 농할 시간이 없다.

종2 어이, 이 양반 내 말을 농으로 듣네. 허망하게 돌아가신 우리 주인 깜깜 야삼경에 첩첩 산중 들어와 묻어야 하는 일이 농이란 말이요.

종1 그런 말을 마구 하면 어쩌나.

학대사 내 잘못 판단하여 사람 목숨 왔다갔다하게 생겼으니 이 아니 큰일인가. 어서 바삐 가야 하네.

종1 저, 스님 가시기 전에 극락왕생 가십사 저희 주인 위하여 축원이나 한마디 하여 주옵소서.

학대사 어느 마을에 누구라 하느냐.

종1 옹진골 옹당촌에 옹좌수라 하나이다.

학대사 옹 누구?

종1 명(名)은 고집이라 하옵구 성은…….

순간 마른천둥이 치며 종들 뒤로 목을 맨 학대사의 모습이 드러난다.

종들 기겁을 하고 놀란다.

5. 원앙금침

그날 밤 안채.

닫힌 방문 너머로 옅은 불빛 새어 나오고, 그림자가 되어 보이는 마님.

마님은 마음이 심란하여 이부자리 펴고 편히 눕지도 못한 채 고심 중이다.

허옹가 모습 보인다.

허옹가 자네 자는가.

마님 늦은 밤에 안채까진 어인 일이십니까.

허옹가 집안에 그러한 변괴 있고 보니 세간은 고사하고 자칫하면 고운 우리 마누라마저 빼앗길 뻔하였네 그려. 그러니 이 밤 그냥 보낼 순 없지 않은가.

마님 체통을 생각하시어 돌아가옵소서. 아직 집안이 어지럽사옵니다.

허옹가 월궁항아 부인을 두고 독수공방하란 말인가. 부부지간에 내

외가 웬말이오. 내 들어가리다.

허옹가 방으로 들어선다.

엷은 창호문으로 두 사람의 모습이 그림자 되어 보인다.

마님 무례하기 짝이 없소. 돌아가오.

허옹가 내 진정 그대의 남진이라면 이렇듯 박대함이 옳은 일인가.

허옹가와 마님, 실랑이를 벌인다.

마치 사랑을 나누려는 듯한 모습으로 보일수도 있으나 이는 여인이 강간을 당하는 모습에 더 가깝다.

종1, 책 한 권을 들고 모습 보인다.

종1 그럭저럭 날 저물매, 허옹가는 실옹가의 아내와 더불어, 긴긴 밤을 수작타가 원앙금침 펼쳐놓고 한자리에 누웠으니, 양인 심사 깊은 정을 새삼 일러 무엇하랴. 사랑 사랑 내 사랑이야. 동정칠백(洞庭七百) 월하초에 무산(巫山)같이 높은 사랑. 목단(目斷) 무변수(無邊水)에 하늘 같고 바다 같은 깊은 사랑. 오산전(五山顚) 달 밝은데 추산천봉(秋山千峰) 반달 사랑. 증경학무(曾經學舞)하올 적에 하문취소(何問吹簫)하던 사랑. 유유낙일(慾慾落日) 월렴간(月簾間)에 도리화개(桃李花開) 비친 사랑. 섬섬초월 분백(粉白)한데 함소함태(含笑含態) 숱한 사랑. 월하의 삼생(三生)연분 너와 나의 만난 사랑. 허물없는 부부 사랑. 화우동산(花雨東山) 목단화같이 펑퍼지고 고운 사랑. 연평 바다 그물

같이 얽히고 맺힌 사랑. 청루 미녀(靑樓美女) 금침같이 혼솔마다 감친 사랑. 시냇가의 수양같이 펑퍼지고 늘어진 사랑. 남창(南倉) 북창(北倉) 노적(露積)같이 다물다물 쌓인 사랑. 은장(銀藏) 옥장(玉藏) 장식같이 모모이 잠긴 사랑. 영산홍록(映山紅綠) 봄바람에 넘노드니 황보(黃蜂) 백접(白蝶) 꽃을 물고 질긴 사랑. 녹수청강 원앙조격으로 마주 둥실 떠 노는 사랑. 연년칠월 칠석야에 견우직녀 만난 사랑. 육관대사 성진이가 팔선녀와 노는 사랑. 역발산(力拔山) 초패왕(楚覇王)이 우미인(虞美人)을 만난 사랑. 당나라 당명왕(唐明王)이 양귀비(楊貴妃)를 만난 사랑. 명사십리 해당화같이 연연(娟娟)히 고운 사랑. 네가 모두 사랑이로구나. 어화둥둥 내 사랑아. 어화 내 간간 내 사랑이로구나. 아매도 내 사랑아.

방안에 불이 꺼진다.

종1 그로부터 십 삭이 차매 실옹가의 아내 몸이 고단하여 자리에 누워 몸을 풀 새 진양 성중 가가조에 개구리 해산하듯, 돼지가 새끼 낳듯 무수히 퍼 낳는데 하나 둘 셋 넷 부지기수로다. 이렇듯이 해산하니 보던 바, 처음이며 듣던 바, 처음이다. (들고 있던 책 보이며) 라고 예 나와 있으니 우리 두고 봅시다.

방안에선 해산의 고통을 맞은 마님의 신음 소리 요란하게 들려온다.

며느리와 종들이 방안을 들락대며 해산을 돕느라 분주하다.

모친 (방안에서 목소리만 들려온다) 옥양목. 더운 물. 명주실. 군불 더 지펴 넣어라.

모친의 지시대로 분주하게 움직이는 며느리와 종들.
이윽고 방안에선 단말마의 비명소리 연이어 이어지고, 비명소리와 함께 아기 울음소리 들리면 갓 태어난 아기만 한 크기의 허수아비들이 연이어 방안에서 밖으로 내던져진다.

종1 (내던져지는 허수아비들을 받아 하나씩 일렬로 세우며) 하나요. 둘이요. 셋이요. 넷이요. 다섯. 여섯. 일곱이요. 여덟이요. 아홉이요. 열이요. 열하나. 열둘. 꼭 열둘입니다.

모친 (문을 열어 뵈며) 한배에 열둘을 낳아 그게 말이 되느냐.

종1 노마님께서 받으셨잖습니까요.

모친 많이 낳는다 싶긴 했다만 지금 내가 정신이 곤비하매 차마 세어보지는 못했니라. 열둘이 확실하냐.

종1 틀림없이 열둘입니다요.

모친 결국엔 일이 났구나. 일이 났어. 가짜 놈의 아들이라니. 그것도 열둘을 낳아. 어이구. ('금일 멸문'이라 적힌 종이 던져주며) 대문 밖에 내다 걸어라. 조상님을 어찌 볼꼬. 아무래도 내가 너무 오래 살았나보다. 암만해도 내 이 질긴 목숨 스스로 끊는 수밖에 다른 도리가 없다.

모친, 목에 옥양목을 감고 자결하려 든다.

식솔들 모두 달려들어 모친을 말린다.

이때, 허옹가 나온다.

허옹가 장사꾼 밑진다는 소리, 노인네 죽어야지 소리 허풍이라더니 모친 자결하신다는 말이 또 어인 일이오.

종1 마님께서 한배로 아이 열둘을 낳았습니다.

허옹가 오늘이 해산일이라 했더냐. 아들이 열둘이라. 이 같은 경사가 또 있을까.(허수아비를 하나씩 들고 어르며) 나를 아주 쏙 빼닮았구나. 쏙 빼닮았어. (방을 향해) 여보게 자네 수고하였네. 한 번에 열둘이라. 나라도 어려운데 참말 경제적인 일이로세.

모친 내 더 두고 볼 수 없음이야. 집안이 망해 가는 꼴을 더는 볼 수가 없어. 돌쇠야, 저놈을 잡아다 내치거라.

종1 저놈이라닙쇼.

모친 이놈아, 저기 저 살인자 놈 말이다. 아이고, 고집아.

종1 에구 노마님 무슨 말씀이십니까요. 살인자는 누가 살인자요.

모친 우리 고집이, 우리 옹좌수를 죽인 저놈 말이다.

종1 이분이 좌수님인뎁쇼.

모친 누가 옹좌수라더냐.

허옹가 모친께서 드디어 망령이 나신 게요. 어찌하여 또 아들을 못 알아보십니 까.

모친 어이구어이구, 결국엔 빼도 박도 못하게 되었구나 결국엔. 고집아 고집아 이놈아.

아들 저도 더는 못 참겠습니다. 네 이놈 돌쇠야, 어서 잡아다가 내치지 못하겠느냐.

종1 아니, 도련님까지 왜 이러십니까요. 우리가 어찌하여 돌아왔는지 그새 잊으셨습니까. (허옹가를 가리키며) 옹고집, 옹좌수 아니요. 이 사람 아니면 우리도 감옥 가요. 다들 같이 손잡고 사이좋게 감옥 갈라요.

아들 갈 테다. 갈 테니 어서…….

허옹가 감옥엘 가다니 사람을 죽인 건 나뿐인데 왜 네가 감옥엘 간단 말이냐. 내 그를 죽인 까닭도 분명하거니와 설혹 사또께서 그 죄를 묻는다 해도 그에 합당한 죗값을 치르면 그만인 것을.

아들 너의 죄는 내 아비를 죽인 것이나 나의 죄는 뻔히 알면서도 내 아비를 죽음의 사지로 내몬 것이다. 어떤 것이 죄질이 더 나쁜 것이냐.

허옹가 네 아비는 내로다. 네까지 왜 이러느냐. 또 다시 아비를 시험하려드는 게냐.

모친 돌쇠야 뭐 하느냐. 어서 저놈을 잡아다 내치거라.

아들 내 아비는 죽었다. 뭣 하느냐. 어서 놈을 잡아다 내치지 않구.

종1, 중간에서 갈팡질팡 난리가 났다.

허옹가 금옥 같은 아이가 열둘이 생겼다. 네가 내 아들이길 거부한다면 나도 너 같은 아들 쓸데없다. 네가 나가거라.

모친 적반하장이라더니. 네놈이 그 짝이로구나.

허옹가 모친께서는 하마 내 하는 양이 또 맘에 드시지 않으신 게지요. 허나 부모께 효를 행하는 것은 내 본모습이 아니라 하지 않으셨습니까. 처음엔 좋다 하시다가 나중엔 싫다, 넌 내 아들도 아니다 하시지 않으셨습니까. 저는 저를 지키려고 하는 것뿐입니다.

모친 네 누군지, 무엇 때문에 이러한 일이 생겼는지 알 수 없다만 이젠 더이상 무서울 것도 두려울 것도 없다. 내 잘못된 판단으로 인하여 집안이 멸문지화를 당하게 되었으니 이제 와 목숨은 부지해서 무엇 할까.

모친, 다시 옥양목을 목에 두른다. 식솔들 다시 몰려들어 말린다. 일시 혼란해진다. 이때, 방안에 있던 마님 일어서 모습 보인다.
하얀 속곳 차림에 금세 출산을 하고 뒷수습도 못 하여 피로 흥건히 젖은 가슴과 아래가 섬찟하다.

마님 내, 서방님 맞이할 제 여필종부 본을 받아 길이 영화 누리면서 살아서 이별 말고 죽어도 한날 죽자 이렇듯 맹서하고 한 낭군 모셨거늘. 서방님은 죽음으로 몰아내고 나란 년은 서방질로 애까지 낳았으니 이제 와 이 목숨 끊어도 여한은 없겠다만 내 그냥은 갈 수가 없다. 모두 되돌려 놓고 가야겠으니, 너 같이 가자.

마님, 손에 칼을 번쩍 들고 허옹가에게로 달려든다.
모두들 경악하여 쳐다보는 사이.

포졸 (소리) 멈추시오. 당장 멈추시오.

모두 일시 정지.

6. 동헌

허옹가와 마님, 아들, 며느리, 종들이 상청 앞에 엎드려 있다.

원님 (옹고집의 시체와 허옹가를 번갈아 쳐다보며) 똑같네. 신기한 일이로세. 반 넘어 썩어들어 갔어도 얼굴은 그대로 남아 있으니……. 이게 있을 수 있는 일이라고 보나.

이방 사람이 본시 마음에 품은 한이 깊다보면 간혹 그런 괴이한 일이 벌어지기도…….

원님 아니, 어째 사람이 이리 똑같을 수 있냔 말이지. 그래 일이 어찌 되었다고?

포졸1 사람들 말에 따르면 살아 있는 쪽이 가짜, 즉 허옹가이온데 이 자가 지난 10월 16일경 집 안으로 들이닥쳐 저기 진짜 옹좌수를 죽이는 살인 사건이 일어났습니다. 이에 바로 당일 16일 오후 가족들이 동헌으로 와 살인 사건을 접수하였으나 교사의 협의를 받자 살인을 덮고 묵인한 것이 사건의 전말이라 하겠습니다.

마님 거짓 고한 죄 죽어 마땅하오나 저희도 어찌된 일인지 도무지 영문을 알 수 없사와.

원님 그렇다고 살인 사건을 덮는다는 게 말이 되나.

마님 좌수님의 심술과 행패가 하도 고약하여 참기에 힘이 들었습니다.

원님 그렇다고 살인을 교사한단 말인가.

마님 좌수님을 죽일 거라곤 참말 꿈에도 생각지 못했습니다.

아들 진정 그러하옵니다.

원님 (허옹을 가리키며) 이 자가 가짜렷다. (시체와 번갈아 보며) 도무지 누가 가짜란 건지.

마님 그러하옵니다.

허옹가 왜 그러나. 원앙금침 펼쳐놓고 긴긴 밤 오도독 뽀도독 깊은 정을 나누던 일 금세 잊었나.

원님 부부지간이니……. 엥? 가짜라 하지 않았나.

허옹가 아이도 열둘이나 낳았습니다요.

원님 가짜라 하더니 이 어인 말이오. 허긴, 진짜라 하고 데려갔으니. (포졸1에게) 계속하거라.

포졸1 임의대로 부르겠습니다. 저기 저 허옹가가 옹좌수의 집으로 가 옹좌수 노릇은 하였으나 가족들에게 쉽게 받아들여지진 않은 것 같사옵니다. 제가 보기엔 실제 옹좌수인 듯하였으나 금세 또 아니라 하구. 어찌되었든 실제 옹좌수로 보이는 사체가 발견되어 정식으로 사건을 조사하게 되었습니다.

원님 사체는 어디서 발견되었더냐.

포졸1 마침 월출봉에 밤마다 머리 깎은 혼령이 떠돈다는 괴이한 소문이 돌아 혹시나 하여 산속을 조사하던 중 봉분도 제대로 세우지 못한 흙더미 속에 이름 없는 관이 있기에 들추어보니.

원님 허나 도무지 누가 실옹이고 허옹인지 구분이 가야 할 것 아닌가.

이방 사또, 이제 와 실옹과 허옹을 가려내는 일이 무에 그리 중요하겠사옵니까. 진짜건 가짜건 간에 한 사람은 이미 죽은 몸이옵고, 또 한 사람은 이러구 살인을 저지른 죄인으로 끌려온 몸이 아니옵니까.

원님 옳다. 네놈이 실옹이건 허옹이건 상관없이 이토록 멀쩡한 사람의 숨통을 끊어놓았으니 살인죄에 해당한다. 놈을 당장 옥에 가두도록 하라.

허옹가에게 군노사령 벌떼같이 일시에 달려든다.

옹고집의 식솔들 모두 옹고집의 시신을 향해 뛰어든다.

마님 길이 영화 누리면서 살아서 이별 말고 죽어도 한날 죽자, 이렇듯이 천지에 맹세하지 않았소. 이것이 어인 일이오. 나만 두고 죽어불면 어찌하오.

아들 아버님 이 불초소생을 부디 용서하여 주옵소서.

허옹가 너무하오, 너무하오. 내 옹가가 아니면 누구란 말이오. 밝혀주오. 진정 난 누구란 말이오.

허옹, 군노사령에 붙들려 끌려 나간다.

식솔들 시체를 부여잡고 운다.

7. 일몽

감옥 안

허옹가, 수인 몇과 갇혀 신세한탄 늘어진다.

허옹가 나는 죽어 싼 놈이로되, 당상학발 우리 모친 다시 봉양하고 싶고, 어여쁜 우리 아내 월하의 인연 맺어 일월로 다짐하고 천지로 맹세하여 백년 종사 하렸더니, 독수공방 적막한데, 임도 없이 홀로 누워 전전반측 잠 못 들어 수심으로 지내는가? 슬하에 어린 새끼 금옥같이 사랑하여 어를 적에 섬마둥둥 내 사랑아. 후두둑후두둑, 엄마 아빠 눈에 암만…. 이게 도무지 어찌된 일인지. 날더러 내가 아니라고 아들놈 멱살잡이에 모친은 자결하시고 마누라는 날 죽이려고 드니. 나 죽겠네, 나 죽겠어. 이 일이 생시는 아니로다. 아마도 꿈이니, 꿈이거든 어서 바삐 깨어나라.

수인1 잠을 자야 깨어나지. 두 눈 벌겋게 뜨고 꿈에서 깨어나라니.

허옹가 분명 잠이 들면 이 같은 악몽에서 깨어나리로다.

수인2 이것이 정녕 악몽이라면 꿈속에서 또 꿈을 꾸겠단 소리인데, 그럼 이게 꿈인가 그게 꿈인가.

수인1 인생이란 어차피 지나가는 바람이요 바람 속의 꿈이니 일장춘몽이라.

수인2 그럼 꿈속에 사리분별 못 하고 저지른 죄로 벌을 받아야 한다, 좀 억울하구만.

수인1 어차피 세상사 모두가 한낱 꿈이라.

허옹가, 꿈을 꾼다.
구름이 뭉게뭉게 피어나는 월출봉 층암절벽 벼랑 위에 학대사 높이 앉아 청려장을 옆에 끼고 반송 가지를 휘어잡고 허옹가를 옹고집인 양 꾸짖는다.

학대사 뉘우쳐도 미치지 못하느니라. 하늘이 주신 벌이거늘, 누구를 원망하며 누구를 탓하고자 하는가.

허옹가 (앞에 급히 나아가 합장 배례하며) 나는 죽어 싼 놈이로되……. (문득 놀라) 뉘시온지.

학대사 잊었더냐. 월출봉 취암사 학대사니라.

허옹가 이 몸의 죄 돌이켜 생각하면 천만 번 죽사와도 아깝지 아니하오나, 밝으신 도덕 하에 제발 덕분 살려 주사이다. 규중의 어린 처자, 다시 보게 하옵소서. 이 소원 풀고 나면 지하로 돌아가도 여한이 없을 줄로 아나이다. 제발 덕분 살려 주옵소서.

학대사 천지간에 몹쓸 놈아. 이제도 팔십 당년 병든 모친 구박하여 냉

돌방에 두려는가. 불도를 업신여겨 못된 짓 하려는가. 너 같은 몹쓸 놈은 응당 죽여 마땅하되, 정상이 가긍하고 너의 처자 불쌍하기로 풀어 주겠으니 돌아가 개과천선하여라.

허옹가 (일어나 절하며) 천번 만번 감사하옵니다. 이 은혜 어찌 갚겠사옵니까. 허나 저는 지금 아들과 아내에게 버림받아 집으로 돌아갈 바 전혀 없습니다.

학대사 (품에서 부적 꺼내어 건네주며) 이 부적 간직하고 네 집에 돌아가면 괴이한 일이 있으리라.

허옹가 괴이한 일이라니요. 등을 돌린 가족이 다시 돌아온다 이 말씀입니까.

학대사 너의 못된 버릇 고치고자 내 만들어 보낸 허옹가 놈이 사라질 것이야.

허옹가 허옹가라닙쇼.

학대사 허수아비 옹가놈 말이다, 허수아비. (품에서 부적 하나 더 꺼내며) 너와 똑같은 놈이 생겨나지 않았더냐.

허옹가 그 목숨 지금 이 땅에 없사옵니다. 그놈이라면 제가 벌써…….

학대사 (격노하여) 죽을 각오로 놈을 만들어 너를 살리고자 하였더니 너는 어찌하여 사람 목숨을 그리 함부로 다룬단 말이더냐. 죽어 마땅한 너의 간악한 죄상도 인간으로서의 가능성을 믿어 기회를 한번 주었건만 어찌하여 너는 가련한 미물을 향해 그토록 흉포한 일을 저지른단 말이더냐.

허옹가 급박한 상황이었습니다. 저 아니면 내가 영영 집에서 쫓겨날 판이었다구요. 저는 분명 저이온데 세상에 제가 둘이 될 순 없는 일 아니옵니까. 너 아니면 나. 적자생존. 내 집, 내 세간들, 팔십 당년 늙은 모친, 아내, 자식 뭐 하나 빼앗길 수 없었습니다. 제 건 제가 지켜얍죠.

학대사 잠깐, 잠깐, 그러하다면 네가 지금 여기 있는 까닭이 무엇이냐. 모든 것이 제자리로 돌아갔을 터인데.

허옹가 가족 식솔들이 저를 외면하였습니다. 처음엔 날더러 진짜 옹가요 하고 추켜세우더니만 이후에는 가짜랍디다, 그놈이 죽고 나서 말이요. 이러구 허망할 데가 또 있습니까. 마누라는 날 죽이려고까지 하였습니다.

학대사 그놈이 죽어. 허수아비가 죽어.

허옹가 피를 쏟고 죽습디다 벌겋게. 허수아비가 어찌 피까지 쏟아내는지. 참으로 뛰어난 도술이십니다.

허옹가, 학대사의 도술에 진심으로 감읍하여 합장한다.

학대사, 넋 나간 표정으로 우레 소리와 함께 뭉게뭉게 구름 사이로 사라지면 하늘에서 짚으로 만든 허수아비들이 허옹가를 향해 무수히 떨어져 내린다.

리플레이 되는 영상처럼 요란한 굉음과 함께 무대 뒤로 나무에 목을 매고 자결하는 학대사 모습 보이면 허옹가 놀라 뛰어든다.

학대사의 옷에서 금화 뭉치 떨어진다.

허망하게 허공을 응시하는 허옹가.

막

특별시

등장인물

박명호

이영수

이원영

농촌총각들 - 봉남, 재영, 동호

연변처녀들 - 민영, 경해, 난주, 해미

한국국무회의실 - 대통령, 고용부, 기획예산처, 행자부, 국토부 장관 외 여러 장관들, 감사원장

일본국무성 - 모시요리, 빅터, 내각대신, 내무대신, 외무대신, 방위대신, 재무대신 외 여러 대신들

재경부 임원들 - 쏘냐사 대표, 다마고찌우리사 대표, 모찌구찌하찌사 대표, 모시모시시원해사 대표

부친, 모친, 경수, 연이, 경철네, 경찰관, 지점장, 리포터, 앵커, 네티즌, 전경들, 주례자

도우미1·2, 노숙자1·2, 농성자1·2·3·4·5, 아낙1·2·3, 안내원(소리), 공항안내원(소리), 경수모(소리)

무대

무대는 2층 무대. 2층도 양쪽으로 나뉘어져 있다. 이것은 동시적으로 벌어지는 상황에서 무대를 셋으로 나누어 사용할 수 있도록 하기 위함이다.
주로 사용하는 무대는 1층 무대, 텅 빈 상태로 각 국면에 따라 필요한 소도구들과 대도구들로 변화를 보여준다.
등장인물들은 주인공 박명호와 이원영, 이영수를 제외하고 대다수 1인 다역을 해도 무방하다.
먼저 조명이 들어오기 전 무대에서는 '대동아 전쟁'이라는 제목의 흑백 영사물을 보여준다. 말 그대로 2차 대전 시기의 전쟁 상황을 현실과 맞물려 생각할 수 있도록 하는 것이다.

1. 일본 국무성과 한국 국무 회의실

2층 무대 양쪽으로 한국정부와 일본정부가 자리하고 있다.

스크린에는 대동아 전쟁을 상징하는 욱일승천기가 휘날리는 가운데 무대 조명 들어오면 일본 국무성이다.

여러 대신들 모여 앉아 모시요리 총리 주재 하에 회의 중이다. 국제전략연구소(Center for Strategic and International Studies)의 빅터도 참석했다.

내각대신 지금부터 제5차 비공식 국가 기밀 안건 회의를 시작하겠습니다.(재판용 망치 두드린다) 착석.

모시요리 다들 모였으면 어서 의견들 내보세요.

방위대신 (들고 있던 신문을 패대기치며)일본이 가라앉는다, 대동아공영권을 외치던 일본이. 어째 이런 일이.

재무대신 나카타나상, 일본이 더 이상 동아시아의 중심이 아닙니다.

방위대신 다시 일어서야 합니다.

빅터 미국에서도 등을 돌렸습니다. 이제 우리 편이 없어요.

내무대신 이 와중에 한국은 통일을 하려고 하니……. 큰일입니다.
통일이라도 돼보세요.
우리의 자위권 명분도 사라지고 우리는 작은 섬나라로 추락하게 생겼어요.
대륙 열차 뚫리고 북한의 개발권도 서로 갖겠다고 난리입니다. 대륙을 향해 나가야 합니다.

방위대신 맞습니다. 대륙. 대동아공영의 영광을 다시 돌려놔야 하무니다. 하이.

빅터 무식하게. 이봐요, 안 그래도 역사 왜곡이니 뭐니 말들이 많구만.

모시요리 국내 문제로도 골치가 아파요. 다음 총선도 불안하다고요.

빅터 그러니까 시선을 국외로 돌리란 말입니다.

내무대신 침략, 경제 침략. 그 길밖엔 없습니다.

외무대신 침략.

재무대신 경제 침략.

모시요리 침략이요.

빅터 땅을 사는 겁니다. 북한이고 남한이고를 넘어서 땅을 점유하는 겁니다.

재무대신 땅이요? 그게 가능합니까.

빅터 총리께서는 뒷짐만 지고 계시면 됩니다. 모든 건 재경부 임원들이 알아서 할겁니다.

재경부 임원들 등장.

빅터 (임원들 소개한다. 임원들은 소개받을 때마다 손을 들고 하이, 하고 대답한다.) 주식회사 쏘냐사 대표, 다마고찌우리사 대표, 모찌구찌하찌사 대표, 모시모시시원해사 대표, 이분들께서는 이미 좋은 땅만을 골라 매입하고 있는 중 입니다.

내무대신 국민들이 좋아하겠습니까. 안 그래도 경제도 어려운데.

빅터 그러니까 땅을(임원들을 가리키며) 한 사람 한 사람, 잘 분배해서 사야지요. 제2의 제국주의니 뭐니 하는 소리 듣지 않으려면 정부에서 나서지 말고 물밑 작업을 해야 돼요, 조용히. 그래서 나라 하나를 통째로 사는 것도 무방하구요.

모시요리 내무대신 생각은.

내무대신 역사적으로 따져 봤을 때, 우리와 그리 멀지 않은 대륙의 입구를 공략하는 것이 좋을 듯합니다. 한국도 경제적으로 매우 어려운 상황이니 땅을 매입하는 데 그리 큰 어려움이 없을 겁니다.

재무대신 말처럼 쉽게 되겠어요.

지진으로 무대 위 한바탕 난리를 치른다. 사이.

다시 잠잠해진다.

모시요리 내무대신, 책임지고 일 진행시키세요.

내무대신 하이.

조명 약간 어두워지고 모두 일시 정지.

한국 국무회의실, 조명 밝게 들어온다.

대통령과 여러 장관들, 그리고 이원영의 모습이 보인다.

무대 앞쪽으론 네티즌이라는 다수의 무리가 컴퓨터 앞에 앉아 있다. 네티즌은 한 사람을 제외하고 인형으로 대치하는 것이 좋겠다.

요란한 컴퓨터 기계음 들려온다.

네티즌1 청년 취업을 책임지겠다더니 올해도 취준생, 알바족.

네티즌2 저도 3년째 취준.

네티즌3 댓글 존맛. 부장인턴이다. 이게 다 빈부격차 때문이다. 한쪽은 부정한 돈으로 술 처먹고 옷 사 입고 호화판으로 사는데 다른 한쪽은 오늘내일 하면서 허리띠를 조르다 조르다 졸라맬 허리띠도 없어 풀고 산다. 근데 뭐, 선진국이 뭐 어쩐다고. 선진국 자본주의 국가에선 뭐가 어쩐다고. 돈 많이 버는 국회의원 나으리들, 서민들 생각은 하시는지.

네티즌4 생각이 있으면 국회 파행이 됐을 리가 있나. 연예인들, 졸부들, 떼부자들, 땅부자들, 대대로 부를 축적하는 친일잔당들 이젠 지긋지긋하다.

일시 정지.

고용부 서민들의 경제적 압박이 생각보다 심한 것 같습니다. 기업들에 무조건 맡기는 것도 쉬운 일이 아니니고요.

대통령 주도적인 책임감을 가지고 일을 진행하기 바랍니다. 진정 국민들을 위한 좋은 방안을 강구해 보십시오. 정부 정책도 여러

방면으로 알리시기 바랍니다.

모두 예.

조명 약간 어두워지면 모두 일시 정지.

국무성의 쏘냐사 대표와 이원영에게 핀 조명 켜진다.

두 사람 무대 앞으로 나온다.

대표 리상, 그동안 잘 지내쓰므니까.

원영 네 덕분에 ……. 그런데 무슨 일로 한국까지.

대표 땅을 좀 사고 싶은데 …… 커미션은 넉넉히 드릴 테니 좀 알아봐 주시겠소.

원영 땅이라면 얼마나 …….

대표 될 수 있으면 …….

원영 예?

대표 요즘 한국에 노는 땅이 많지 않소. 아파트 입주자도 없어서 텅 비어 있다고 들었소만. 맞소? 우리 같은 부동산 버블붕괴는 막아야 하지 않겠소.

원영 아무리 그래도 땅을 국가에서 판다는 게 쉽지는 않은 일이라.

대표 문부성에서 국비 장학금 받고 공부했지요. 도교 대학에서 정치학 박사 받지 않았습니까. 사람은 받은 은혜를 갚는 것이 도리입니다. 지금 세조연구소 소장까지 어떻게 하게 되었습니까.

원영 당연한 말씀이십니다.

대표 팔았던 땅은 다시 살 수도 있는 거요. 우리도 한국 경제가 다시 좋아지길 바라는 마음에서 도움이 되고자 이러는 겁니다. 알지 않습니까. 우리가 왜 리상을 도왔겠습니까. 경제가 계속 안 좋아지고 있다는 이야기를 들었소. 그런 주장을 계속 하다보면 국민들은 믿고 나라를 구하고자 하지 않겠소. 한국 속담에도 이웃사촌이랬다고 우리가 아니면 누가 돕겠습니까. 리상, 구해 주시겠소.

원영 땅은…….

대표 우린 진정 한국의 경제 회복을 바라고 있어요. (사이) 구해 주시겠소. (돈 가방을 열어 보인다.) 구해 주시겠소.

원영 구해보도록 하죠.

2. 농촌총각 연변처녀 혼인 추진 위원회

무대 정면 스크린으로 남북 정상 회담 장면이 보인다.

영수와 연변처녀들. 회의를 벌였는지 심각한 형상이다.

음악과 조명 모두 국무성과 같은 분위기로 하는 것이 좋겠다.

영수 고조 내레 두 말 안 캇어. 고향에서 고생하시는 느이 아바디 어마니 생각하라. 먹을 거 못 먹구 입을 거 못 입구 그러구 자란 니 동생들, 학교 문턱이라고는 가보지도 못하구 소수민족이라구 온갖 설움과 박해 다 받으며 살아 온 니 자신들 생각하라. 이제 저러고 통일이라도 되믄 우리 자리가 있을 것 같네.

경해 지도자 오라버니, 참말 혼인은 안 하는 기지요.

영수 고럼. 시골에 논마지기, 대대로 물려받는 야산, 땅뙈기 있는 어리숙한 촌로들 혼인 빌미 삼아 두둑이 긁어 내구서 다시 고향 가는 기야.

난주 그게 어디 그리 말처럼 쉽갓습네까.

영수 야, 이래 봬도 느이들이 6차야. 6차. 혼인 자금에 든든한 가게 자리 하나 얻을 밑천 마련해 게지구 간 아만 해도 스물이 넘어, 알간. 고조 나만 믿으라.

민영 이게 사람으로서 할 도린지 참말 모르갓습네다.

영수 민영이 니 기딴 소리 말라. 북한이 우릴 챙길 거 같네. 남한이 우릴 챙길 거 같네. 언제까지 독립군 후손이라는 명분만 내세우고 살 끼네.

민영 지난번 국군의 날 보니 남한도 많이 변한 거 같고 이제는 독립군도…….

영수 말 마라. 어느 세월에. 정권 바뀌면 말짱 도루묵이라. 알잖네. 잔말 말라.

해미 저희는 고조 영수 오라버니만 믿고 따라 왔습네다. 영수 오라버니가 아니었으문 제까짓 것들이 어디 한국 올 생각 꿈에나 했갓습네까. 고조 영수 오라버니만 믿고 따를 뿐입네다.

영수 적을 알고 나를 알면 백전백승이다. 지금부터 내래 각자의 적에 대해 갈켜 줄 테니끼니 고조 잘 들으라. (서류 들고) 이름 김봉남, 나이 쉰여섯. 많이도 먹었네. 현재 전라남도 보성 거주. 논, 밭, 선산, 총 대지 실평수 일만 평. (여자들 모두 탄성 지른다.) 성격, 무지하게 물러 터졌음. 그저 늙으신 노모 공경할 참한 여자면 오케이. 이러니 여직 장갈 못 갔지. 경해. 나이도 있고 하니 네래 맡으라.

경해 알갓습네다. 지도자 오라버니.

영수 이름 주재영이. 나이 마흔여덟. 현 거주지 강원도 원주. 이 원주 땅이래 원래 옛적부터 알부자덜 많기로 소문난 곳이야. 지

척에 동해안 있지. 설악산에, 갈리지만 않았으믄 금강산도 가찹지. 나라에서 한 가락 허는 사람들 별장 두기 딱 좋은 곳이야, 고롬. 난주, 네래 맡으라.

난주 저, 가진 재산은…….

영수 말 안 해도 알부자라니끼니. 고조 나를 못 믿겠다 이거네.

난주 아닙네다. 내래 오라버닐 안 믿으면 누굴 믿갓습네까. 알갓시요.

영수 다음, 이름 백동호. 현 거주지 충청도 충주. 나이 마흔여섯. 성격 무난하고 예의 바르며 성실하다. 선호하는 여성 취향, 애교 만점의 서현진 스타일. 애교 섞인 콧소리 한마디에 (콧소리) 간, 쓸개 다 빼 준다. 놀구 있네. 해미, 네래 콧소리 속사포로 공략하라. 여지없이 무너뜨리는 기야.

해미 (콧소리로) 내래 어드럭케 콧소리를 내라고 그러십네까. 고조 최선을 다하갓시요.

영수 좋아 좋아. 다음, 이름 박명호. 나이 마흔넷. 현재 경상남도 사천 거주. 성격, 고조 농촌을 지키려는 뚝심의 사나이. 민영이, 다른 사람 볼 거 없이 너랑 딱이다. 잘해보라. (사이) 자, 모이라. 우리도 크게 한탕 해가는 기야. 알갓지.

영수와 여자들 머리 맞대고 확신에 찬 얼굴로 일시 정지.

3. 시골 마을 박명호의 집

박명호의 쟁기 들고 나가는 부친을 잡는 모친.

모친 보소, 명호 아버지요. 쟈 명호 저대로 놔둘 낀교.

부친 저대로 두다이.

모친 쟈 나이가 이제 마흔넷 아닙니꺼. 우리 나이도 있고 손자도 볼라무는 빨리 장가가야 안 합니꺼.

부친 누가 장가가지 말라드나.

모친 요즘 같은 시절에 어떤 처녀가 미쳤다고 농촌에 시집올라 합니꺼. 그것도 늙수그레한 노총각한티. 처녀장가 가긴 애저녁에 글러 부렸지.

부친 무신 소리고 니 지금.

모친 아니, 그게 아이고 내는……. 얀 파종하러 간다드만 와 이리 늦노.

경철네 등장.

경철네 행님, 행님. (부친을 보고) 계셨니꺼.

부친 오셨습니꺼.

모친 (경철네를 한 쪽으로 끌고 간다. 속삭여 말한다.) 연락 왔드나?

경철네 연변서 배타고 서울 온답니다.

모친 딱 보름이네, 보름.

경철네 내사 편지 왔다갔다 그 시간이지예. 한 처녀 열댓 명 오는 갑더만요.

모친 열댓 명.

경철네 농촌 총각들 모아다가 단체로 그 미팅인가 뭔가, 왜 접대 경수도 그래가가 장가간다고 그래쌓던데.

모친 그랬드나.

부친 잘헌다. 외지 처녀 데려다 무신 꼴을 볼라 그래쌓노.

모친 외지는 무신, 연변이면 여나 마찬가지지. 요즘 다 그래가가 잘만 삽디다.

부친 해외 나가서 먼저 조심해야 되는 사람이 누군 줄 아나. 바로 같은 동폰 기라. 모지란 눔. 모지라도 한참 모지란 눔.

모친 모지라긴 누가 모지란다고 그래쌓는교.

경철네 (두 사람 말리며) 와들 그라십니꺼. 다 좋자고 하는 일인데. 에휴, 농촌이 사람 살 데가 아닌가.

젊은 사람들 죄다 서울로 떠나 뿔고 덩그러니 노인네들만 남았으니……. 명호 총각 같은 사람도 없지예. 이번 판엔 지발 장가 좀 들어가가 아들 노는 소리 좀 들어봤음 좋겠네예.

모친 아는 무슨. 여름 오면 태풍 그 피해 고스란히 다 맞고 비닐하우스 세우면 폭설에 폭삭, 소는 소대로 난리고 닭, 오리, 피해보상은커녕 집집마다 느느니 빚이니……. 죽어라 죽어라 하는 판에 고향 등진다 뭐라 할 수 있나. 안 떠나는 놈이 바보지.

박명호 등장.

명호 오셨습니꺼.

모친 파종하러 간다드만 와 이리 늦었드노.

명호 차 땜에 예.

부친 그 고물차 또 끌고 나갔드나.

경철네 그래도 이 집이 차가 있어가 급한 일 생기면 여기부터 달려온다 아입니꺼.

모친 니 퍼뜩 짐싸가 서울 올라가그라.

명호 서울요?

경철네 선배 줄려 그려. 장가가야제.

모친 연변 처녀들하고 맞선 주선했다 아이가. 퍼뜩 준비하고 서울 올라가그라.

경철네 한 한 달 정도 예상해야 될 거구마. 경수도 서울 올라가서 꼬박 한 달 지내다 왔다든디. 결혼 날짜까지 딱 받아 갖고 올라문.

명호 이제 파종도 해야 되고 할 일이 태산인데…….

모친 느그 아버지 있다 아이가. 걱정 말고 가그라.

부친 문디 자슥. (퇴장한다.)

모친 명호 아버지요, 내 참말로 저 양반이. 아니 그럼 시상에 하나뿐인 아들 노총각으로 늙어 죽어야 속이 시원하겠는교.

명호 어무이, 지도 장가가고픈 맘 없심더.

모친 무신 소리고 지금. 퍼뜩 준비해가 가그라.

보채는 모친을 안쓰럽게 바라보다 등지는 명호.

조명 서서히 아웃.

4. 서울역 광장

조명 들어오면 노래 '서울' 들려오는 가운데 무대 뒤편으로 서울역의 야경 보이고 무대 위엔 일부 노숙자들이 쓰러져 자고 있다.
박명호 차를 몰고 등장한다. 어리둥절한 모습이 시골에서 막 상경한 얼뜨기 노총각 그대로이다.

명호 차도 차도, 무신 놈의 차가 이래 많노. (노숙자들을 보고) 참말로, 말로만 들었드만…….

사이. 노숙자 둘, 자리싸움이 벌어진다.

노숙자1 여기 내 자리야. 한 달 전부터 내 자리였다고.

노숙자2 허, 겨울 좀 날려고 쉼터에 가 있느라 한 달 동안 비워 놨더니 어디서 굴러먹던 게 와 가지고.

노숙자1 증거 있어. 증거 대.

노숙자2 서울역에서 자그마치 15년, 잔뼈가 굵은 사람이야 내가. 저기 버스 정류장 있지. 그 버스 정류장 지나면 지하도 입구가 하나 있고, 거기 지나서 큰길로 쭉 내려가다 보면 김밥집 하나가 있어. 고 옆에 커피숍 하나 있고, 글래머라고 왜. 거기 미스 박, 미스 최, 미스 남 내 이름 석 자만 대면 전부 자지러져.

노숙자1 그게 자리 임자랑 무슨 상관이야.

노숙자2 얘가 아직도 내 말 못 알아듣네. 좋아, 덤벼. 상대해주지.

노숙자1 이거 왜 이래. 나도 굴러먹을 만큼 굴러먹었어.

노숙자1,2 옥신각신 싸움이 벌어진다.
사이. 궁지에 몰린 노숙자1, 소주병을 깨고 노숙자2에게 덤벼든다.
사람들 비명을 지르며 흩어진다. 박명호, 노숙자들 사이를 가로막는다.

명호 와들 이랍니꺼 참말로. 이 병 놓고, 놓고 얘기하입시더.

노숙자1 이 자식은 뭐야. 너도 내 자리 뺏으러 왔어. 그래?

노숙자2 새끼 끝까지 지 자리래. 이게 왜 니 자리야 내 자리지.

노숙자1 뭐야, 여긴 내 자리야. 내 자리라구. 저리 비켜. 모두 꺼져. 꺼져버려. 망할놈의 사장 새끼도 일언반구 말 한마디 없이 내 자리 없애버리더니, 다 필요 없어.

명호 마, 이러지들 마시고요. 아재요, 이러지 마시고 우리 같이 고향 내려가입시더. 마 고향 내려가가 농사짓고 그래 삽시더. 지금 고향 내려가믄 그냥 놀고 있는 땅들 억수루 많심더. 땅이 주인을 못 만나가 팽팽이 놀고 있다 아입니꺼.

일꾼이 없어가 흙이 꼭 모래알맹키로 변해가고 있심더. 옛말에 농자천하지대본이라 안 캅니꺼. 땅만큼 정직한 게 없심더. 하무요.

노숙자1 이 새끼가 날 뭘로 보고, 나 이래봬도 명문대 나왔어. 지금 직장에서 명퇴당해서 그렇지. 뭐, 농사? 땅이나 파먹고 살라 이거야 지금.

노숙자2 (박명호의 뒷주머니에서 지갑을 뺀다) 내가 누군데, 그렇게는 못 하지. 근데 가만 보니까 아까부터 이상한 게 껴 가지고, 저리 비켜. (박명호 밀어낸다.)

노숙자1 단번에 끝내주지.

노숙자2 누가 할 소리.

노숙자1, 노숙자2의 가슴에 날카로운 병 조각을 꽂는다.

이어 사이렌 소리 들려오고 경찰관들 등장한다.

경찰관 술이 웬수지. 하여간 이놈의 서는 하루도 그냥 넘어가는 날이 없구만. 실어. (옆에 있는 박명호를 보고) 목격자시죠. 서로 같이 가주셔야겠습니다.

경찰관들 노숙자1을 앞세워 노숙자2 들것에 실고 퇴장한다. 박명호 얼빠진 듯 뒤를 따른다.

사이. '농촌총각 연변처녀 혼인시키기 추진 위원회'라는 피켓을 든 한 무리의 남자들 등장.

피켓을 든 도우미1,2를 선두로 그들은 마치 소풍 나온 유치원생들

처럼 구령에 맞춰 등장한다.

도우미1 • 2 하나, 둘, 하나, 둘, 하나, 둘, (무대 중앙에 서서 호루라기 분다) 좌향좌.

영수 자, 자, 똑바로 줄맞춰 서세요. 다들 여기까지 오시느라 수고하셨습니다. 지금부터 명단에 나와 있는 이름들을 호명할 테니까 자기 이름이 나오면 그 즉시로 우렁찬 대답 소리와 함께 주저 없이 손을 들고 앞으로 나오시기 바랍니다. (서류 보며) 김봉남씨.

봉남 야. (손을 들고 앞으로 나온다.)

영수 주재영씨. 주재영씨, 주재영씨.

봉남 여봐, 지금 자네 아녀?

재영 언제 불렀드래요. 지는 조재영이드래요.

영수 (재영 노려본다.) 최숙자씨. 최숙자씨?

동호 우리 엄니 이름이구만유. 엄니가 이름을 잘못 올렸나 보네. 지는 백동호구먼유.

영수 (서류 보고) 아, 여기 있네. 다음, 박명호씨. 박명호씨.

봉남 저, 그 사람은 차에 없었는디. 안 올 모양이여.

영수 아, 따로 온댔지. 근데 이 사람 아직도 안 온 거야.

동호 배고파 죽겄슈. 오후 내 기차간에서 보내고 지금이 멫 시유, 서울역 광장에 4시간을 꼼짝없이 붙잡혀서 쫄쫄 굶었더니. 뭐라도 먹어야지.

영수 좀만 참으세요. 한 사람만 더 오면 숙소로 이동하겠습니다.

경찰서 조사받고 지친 모습으로 명호 등장한다.

명호 차도 드럽게 맥혀쌓드만, 하루 일진 영 꼬여뿐네.

영수 (박명호라고 쓰인 피켓을 들고 소형 마이크로) 아, 아, 역내에 계신 신사 숙녀 여러분께 잠시 안내 말씀 드리겠습니다. 역내에 계신 분 중 지금 막 경상남도 사천에서 상경하신 노총각, 노총각 박명호씨 계시면 지금 빨리 역사 앞 시계탑으로 오시기 바랍니다. 다시 한 번 말씀 드리겠습니다. 역내에 노총각 박명호씨, 박명호씨 계시면 지금 빨리 시계탑 앞으로 오시기 바랍니다.

명호 (영수에게 다가가) 저기 저, 지가 박명혼데예.

영수 왜 이렇게 늦으셨습니까. 지금이 도대체 몇 십니까. 다른 분들은 벌써 오셔서 4시간째 대기하고 계시지 않습니까.

명호 갑자기 일이 생겨가 그리 됐심더. 마, 죄송하게 됐심더.

영수 아무리 그러셔도 그렇지. 그럼 연락이라도 주셨어야 하는 거 아닙니까. 이 자리 만드는 게 쉬운 일인 줄 아십니까. (고개 돌려 일행에게) 자, 그럼 다 오셨으니까 짐들 챙겨서 숙소로 이동합시다.

도우미1 쾌적한 환경.

도우미2 넓은 주차장.

도우미1 아늑한 실내.

도우미1·2 장미여관으로 여러분을 모시겠습니다.

영수와 농촌총각들, 등장할 때처럼 다시 줄을 맞춰 구령소리와 함께 퇴장한다.

명호 어리둥절해서 서 있다가 영수의 꾸짖는 듯한 호루라기 소리에

허겁지겁 무리의 뒤를 쫓는다.

5. 국무 회의실

대통령 휘하 장, 차관급 수보회의가 진행 중이다.

경제기획원감사 97년 IMF 이전에는 실업률이 약 2.6퍼센트에 지나지 않았습니다. 그러나 IMF를 맞은 그 다음해인 98년엔 무려 6.8퍼센트로 증가합니다. 그 이후 실업률은 증가, 증가, 증가, 또 증가. 증가 추세를 멈추지 않고 99년 최대 8.1퍼센트를 마크하게 됩니다. 그리고 약간의 소강상태를 지나서 좋아지는 경제 상태에 따라 한동안 실업률도 낮아지는 호전을 보입니다. 그러나 이도 얼마 가지 않아 다시 급증, 현재 4.9퍼센트라는 대 실업난을 겪고 있습니다.

물론 이는 예전엔 비노동인구였던 학생, 주부, 노인 등이 노동인구로 합산된 결과라 하겠습니다. 실제로 이들의 노동 시장도 형성되고 있는 상황이지만 주로 국가 정책에서 비껴난 일자리들이 대다수입니다.

대통령 일자리 구축도 중요하지만 일자리 안정이 더 필요합니다. 그래야 실질 소득으로 이어지는 거 아니겠어요? 방안을 세운 게 있습니까.

공정위 그동안 대기업과 금융 기관들에 공적자금투자, 세금 감면 등을 해주었는데 다들 아시겠지만 일자리로 이어지기보다 자기들 이익 챙기기에 바빴습니다. 세금 감면은 중소기업 쪽으로 돌리고 카드 수수료도 낮추는 것이 좋겠습니다. 턴키방식의 기업 승계도 잡아내야 할 것 같습니다.

행자부 국가 신용도는 A급으로 올라갔지만 국고가 턱없이 부족한 상황입니다. 국회에서 인준을 안 하니 일을 할 수가 없어요.

경제수석 세금을 올리면 국민들은 내용불문하고 안 좋게 생각합니다. 실제로 건강 보험료가 오르니 당장 쓸 돈도 없는데 국가에 헌납한다고 생각합니다. 주머닛돈이 쌈짓돈이라고 하지 않습니까. 세금이 뭡니까. 국민의 피와 땀이에요. 뭔가 대책이 필요합니다.

소통위원 가짜 뉴스도 문제가 많습니다. 통계도 조작된 것들이 많아요.

대통령 집값도 안정적으로 슬라이딩시켜야 합니다. 이미 은행 빚으로 집을 산 사람들이 너무 많지 않습니까. 거기에 갑자기 집값이 하락하면 서민들만 힘든 거예요. 서울로만 집중되는 현상도 막아야 합니다. 지방자치가 제대로 되지 않는 것도 문제예요.

원영 (뒷줄에 서 있다가) 저, 기획재정부의 이원영입니다.

대통령 말해보세요.

원영 말씀하셨듯이 지금 우리나라 인구 절반은 수도권에 집중돼 있습니다. 나머지 절반도 부산이나 광주 등 주요 도시에 몰려 있죠. 지자체를 실시한 지 수년이 넘어가고 있지만 지방의 발전은 좀처럼 이루어지지 않고 있습니다. 사람들은 자꾸 도시로만 몰려들고 지방의 땅은 남아돕니다. 행정 수도를 이전했지만 그게 지방 발전으로 이어지지는 않았습니다. 사람이 없으니 생산 노동 인구도 자연히 줄고 땅은 황폐화되어 가고 있습니다.(뜸을 들이다) 그러니까 그걸 매입해서 파는 겁니다.
해외로. 싸게 사들여서 비싸게. 요즘 한류가 대세 아닙니까.

행자부 말이 되는 얘길 해요. 국가 주도로 땅을 팔다니.

원영 그게 아니라. 경제가 좋아질 때까지 잠시만 그러잔 거죠. 이미 제주도의 반은 중국인들 소유입니다. 서구만 해도 셀럽들 해외에 별장 두는 거 별거 아닙니다. 세금을 세게 매기고 있어서 오히려 서로 장려하고 있지요. 사람이 들어오면 자연히 지자체도 활성화될 거고요.

행자부 아니 개인도 아니고 정부 시책으로 나라 땅을 팔아넘긴다면 이미지 상 좋지 않을 것 아닙니까.

총리 그건 저도 아닌 것 같습니다. 땅을 얼마나 팔자는 얘긴진 모르겠지만 국가 정책으로 한다는 것은 무리가 있어 보입니다.

원영 세계화 시대 아닙니까. 북한도 개혁, 개방을 하는 마당에, 무엇보다 지자체를 위해서 좋은 일이라고 생각됩니다.

국토부장관 땅에 건물을 짓거나 도로 같은 걸 낸다면 좀 어렵지 않겠습니까.

원영 그러니까. 저……, 땅을 개발시키지 않는 조건으로 하면 됩니다. 지금도 어차피 사유지 매매는 가능합니다.

대통령 기획재정부라고 했나.

원영 예. 어차피 놀리고 있는 땅들입니다. 어쩌면 관광 쪽으로 발전을 시킬 수도 있을 걸로 생각됩니다만.

대통령 가능성을 타진해봅시다.

원영 예.

대통령 한 나라에서 독식하지 않는 선에서 시행토록 해보십시오. 안 그래도 제주도 같은 경우 난민 문제로 한바탕 소동이 일지 않았습니까. 국민들이 거부감을 갖지 않도록 시범 삼아 몇 군데만 우선적으로 시행해보시기 바랍니다.

원영 예.

대통령 국토부에서는 임야나 문화재 보호 구역에 대한 철저한 검토 후 지역별로 나눠서 관리 대장을 만들어주십시오.

국토부 예.

대통령 모든 것은 자료화해주시고요. 부동산 정책이니만큼 신중을 기해주시기 바랍니다. (경제수석을 보고) 관리 감독 철저히 하세요.

수석보좌관 회의장 암전된 가운데 뉴스 들린다.

소리 약 60분간 청와대 본관에서 국민권익위원장 등 부패 방지 관련 기관장들과 '청렴 사회 민관협의회' 위원들이 참석한 가운데, 제2차 반부패정책협의회가 대통령 주재 하에 열렸습니다.

6. 농촌총각 연변처녀 만남의 자리

노래 '반갑습니다'가 흘러나오는 가운데 명호를 비롯한 농촌총각 4명과 연변처녀 4명이 탁자를 사이에 두고 나란히 앉아 있다.
영수와 도우미들 나온다.

영수 반갑습네다 여러분. 고조 남남북녀라. 남북통일의 깃발 아래 한 핏줄을 가진 한 동포로서 이러한 만남의 자릴 갖게 된 것을 무한한 영광으로 생각하면서 농촌총각 련변처녀 혼인을 위한 만남의 자리를 시작하도록 하겠습니다.

도우미1 농촌총각의 외로움을 벗기 위해.

도우미2 연변처녀의 행복을 지키기 위해.

도우미1·2 사랑과 진실의 큐피드를 날리는 우리가 있습니다.

도우미1 수년간의 경험을 통해 입증된.

도우미2 최첨단 짝짓기 시스템.

도우미1 한 치의 오차도 없습니다.

도우미2 적중률 백 퍼센트. 만족감 이백 퍼센트.

도우미1·2 그 이름도 찬란하다. (긴장을 고조시키는 요란한 북소리. 무대 뒤쪽 전광판에 불 들어오면 남자와 여자의 이름이 양끝으로 새겨져 있다.) 사랑의 작대기.

도우미1 현명한 선택이 미래를 책임진다.

도우미2 각자 좋은 결과 있으시길 바라면서.

도우미1·2 그럼 하나 둘 셋 소리와 함께 눌러주십시오. 하나, 둘, 셋.

전광판에 이름들이 남, 녀 한 쌍씩 짝지어진다. 영수와 도우미들 퇴장.
맞선자들이 앉아 있던 긴 탁자가 넷으로 갈라져 무대 위에 각각 배치된다.
봉남과 경해, 재영과 난주, 동호와 해미, 명호와 민영이 각각 짝을 지어 흩어져 앉는다.
처음엔 모두 일시 정지 상태로 앉아 있다가 두 사람씩 대화를 나눈 뒤 다시 일시 정지한다.

봉남 안녕하신게라. 지는 김봉남이라고 하는구만요. 산 좋고 물 좋은 전라도 보성에서 왔지라잉. 잘 부탁드려라.

경해 처음 뵙갓습네다. 저는 리경해라고 합네다.

봉남과 경해 일시 정지.

재영 오는 길 평안하셨구래요. 지는 강원도 원주에서 올라온 조재영이드만요. 잘 부탁하드래요.

난주 참 멋지게 생기셨습네다. 고향에 땅은 몇 평이나.

재영 논, 밭, 야산에 선산, 뭐 이것저것 합하면 한 이십만 평.

난주 아이쿠나.

재영과 난주, 일시 정지.

동호 안녕하셔유. 지는 충청도 충주에서 온 백동호유. 어무이 말 듣고 싫은 거 억지로 억지로 올라왔는데 와보니 잘 왔단 생각이 드네유. 잘 부탁혀유.

해미 (울먹인다) 우리 오마이 아바이 생각하므는 내래 이 목구멍으로 물 한 모금도 넘길 수가 없시요. 한국은 이래 살기가 좋은데 타국 땅에서 죽자 사자 고생만 허시고. 내래 고향 땅에 온대니끼니 그리도 좋아하시드만. 혼인 자금은 또 어드러케 구할 거인지. 오마이 아바이 목구멍에 풀칠도 못 하는데 내래 시집을 어드러케 가갔습네까.

동호 괜찮유, 해미씬 걱정 말어유. 내가 다 알아서 헐규. 논, 밭 몇 마지기 떼서 팔므는 해미씨 부모님 살 집 정돈 마련할 수 있을규. 걱정 말우.

동호와 해미, 일시 정지.

명호 안녕하십니꺼. 지는 마 경상남도 사천에서 온 박명호라고 합니더. 잘 부탁드리겠심더.

민영 중국에도 사천 땅이래 있는데 고조 쌀이 아주 많이 나기로 유명합니다. 제갈공명은 촉나라를 세울 적에 이 사천 땅을 도읍 삼기도 했구요. 산세가 빼어나다고 해서……. 우리 할아바이가 독립군 투사셨습네다. 임시 정부에도 계셨다 하구. 김구 선생 이야기를 많이도 하셨습네다. 나라를 위해서 몸 바쳐 싸우셨드랬는데 이자는 고향 땅에서도 객 취급을 받으니 조금은 억울한 생각도 듭네다.

명호 객이라니요. 그런 말씀 마시소. 연변 동포도 다 우리 동포지요.

박명호와 민영, 일시 정지.

영수, 선글라스를 끼고 등장. 각각의 테이블을 돌며 염탐한다.

영수 (여자들에게 귓속말로) 잘들 하고 있지. 팍팍들 뜯어내라우. 다 니들 손에 달린 기야. 알갔어.
(앞으로 나와 선글라스를 벗는다) 자, 그럼 참가비 천만원, 천만원을 내주시기 바랍니다. 아가씨들 오며 가며 뱃삯에 여관비에 식비, 이 정도면 싼 겁니다.

도우미들 나와 남자들에게서 돈을 받는다. 여자들은 계속 정지 상태.

박명호 돈을 꺼내기 위해 주머니를 뒤지다 선뜻 놀란다.

명호 내 돈, 내 돈이 어디 가뻔나. 의잉. 내 돈.

영수 이거 왜 이러십니까. 얼마 되지도 않는 돈을 가지고서리.

명호 참말로 내 돈이 없어졌심더. 아이고, 내 돈. 그게 어떤 돈인데. 어무이, 아부지. 어짜믄 좋습니꺼, 예.

영수, 민영에게 눈짓한다.

민영 언능 집에 연락해보시라요.

명호 그긴 안 됩니더. 그기 어떤 돈이라고.

영수 그럼 안 내시겠다 이겁니까.(민영에게 눈짓한다.)

민영 (박명호에게) 저, 그러지 말고 ……. (영수 향해 고개 돌려) 내래 못 하갔시오.

영수 야, 네래 정말 그럴 기야.

명호 걱정 마시소. 마 어떻게 안 되겠십니꺼.

영수 만남의 기간이 끝날 때까진 반드시 내셔야 합니다.

명호 마 알겠심더.

무대 암전.

7. 박명호의 고향 시골마을

마을 사람들을 불러놓고 이원영 단상에 올라 일장 연설 중이다.

무대 어두운 가운데 이원영에게 스포트라이트를 비춘다.

원영 우리 민족이 어떤 민족입니까. 일제강점기 국채 보상으로다 담배도 끊고 성냥도 두 사람이 한 개비씩 사용했죠. IMF가 막 터졌을 땐 금반지다 금목걸이다 장롱 속에 굴러다니는 애 돌반지까지 죄다 모으지 않았습니까. 국가의 위기는 곧 나의 위기다. 국가의 존립은 곧 나의 존립이다. 이렇게 수천 년 동안 국가와 함께 생사고락을 같이 해온 민족이라 이겁니다 우리가. 이제는 부실해서 휘청하고 쓰러질 기업들 외국 기업들과 병합해서 이식한 나무 수액 빨아들이듯 쭉 기사회생하고, 국가신용도 인지도 체면도 높여서 외국의 투자자들 유치하고, 이제는 좀 잘 살아봐야 하지 않겠습니까. 청년들은 취업하기 힘들고 돈이 없으니 결혼도 못 하고 결혼을 못 하니 점점 인구는 감소하고 있습니다. 인구 감소를 넘어서 인구 절벽이란 말입니다. 여기 농촌 인구 추세만 봐도 대부분이 어르신들인 상황에서 농사지을 사람이 없어서 노는 땅이 얼마나 많습니까. 이제 남은 것은 땅, 삼천리 우리 강토.

무대 암전.

8. 퀵 서비스 회사

퀵 서비스 일을 하기 위해 대기 중인 사람들 몇이 보인다.

박명호 등장.

안내원(소리) 안녕하십니까. 고객을 가족같이 헐레벌떡 퀵입니다. 구리에서 안산까지 10분. 날아갑니다. 감사합니다.

명호 마, 실례하겠심더.

지점장 (무심하게 차트 같은 걸 들고 물건을 체크한다.)

명호 일을 좀 할락 하는데. 일당으로 쳐 준닥 해서.

지점장 급전 필요해요? 저기, 우리 맞은편에 전당포 있어요.

명호 (지점장 붙잡고) 그기 아이고, 일당이 얼마나 되는지 몰라도 열심히 하겠심더.

지점장 (명호를 흘깃 보고는) 일당이라. 그거야 뭐 하기 나름이지만. 빠릿빠릿하게만 움직여주면 하루에 오십만원 정도 떨어지는 건 문제없구.

명호 마, 당장 하겠심더.

지점장 오토바이는 있죠?

명호 차가 있는데예.

지점장 이 사람이 무슨 청계천로에서 아우토반 찾는 소릴 하고 있어. 여긴 퀵 서비스요. 차로 무슨…. 안 돼.

명호 잘 할 수 있심더. 지 차도 무지 빨라예.

지점장 여봐요. 여긴 서울이요 서울. 차로 가느니 걸어가고 말지.

명호 맡겨만 주시소. 잘 하겠심더. (지점장에게 매달린다.)

지점장 아, 사람. 자기 하기 나름이라고 분명히 말했소 난. 자기가 빨리 가느냐 늦게 가느냐에 따라 일당이 정해진단 말요. (무전기를 건네주며) 본사에서 연결해 주면 그쪽으로 가면 됩니다 78번.

안내원(소리) 안녕하십니까. 이곳은 고객의 1초도 아끼는, 고객을 가족같이 헐레벌떡 퀵입니다.

오토바이 헬멧 쓰고 지점장을 비롯한 퀵 서비스맨들 모두 퇴장한다.

9. 경수네 집 마당

경수와 연이, 고운 한복 차림으로 나온다.

경수 (무대로 나오며) 어무이, 아부지 안녕히 주무시소.

안내원(소리) 오야, 느이도 좋은 꿈 꾸고, 새아기 잘 자거라.

연이 (누굴 찾는지 사방을 이리저리 살핀다.) 예, 어마니. (울먹이며) 지도자 오라버니.

경수 (연이를 토닥이며) 마 울지 마소. 갓 시집온 새댁이 눈에 눈물 보이는 거 아니라예. 신혼여행은 못 가도 조만간 연변 처가댁엔 한번 갈 거구마, 하무요. 울지 마소.

경수와 연이 무대 한쪽에 마련된 창호문 뒤, 방으로 들어서면 신혼 초야다.

방은 아무런 경계 없이 객석 쪽으로 보이는 창호문으로만 그것이 방임을 짐작할 수 있게 한다.

경수와 연이가 방으로 들어서면 불 켜지고 두 사람이 그림자로 보인다. 사이. 사람들이 몰려나와 창호문 앞에 모여 선다. 창호문을 뚫고 서로 이리 밀치고 저리 밀치며 방 안을 들여다보는 사람들.

아낙1 (방 안을 들여다보고) 아이고메, 처녀 부끄러워하기는.

아낙2 경수 총각 좋아 죽네. 좋아 죽어.

아낙3 아유, 저리 좀 비키 봐라. 나두 좀 보그로.

아낙1 뭘 하는 겨, 맨숭맨숭. 날 새네 날 새.

아낙3 처음이라 그려, 처음이라. (아낙1,3 웃는다)

아낙2 아이구 참말로, 조용히덜 못 하나. 다 들키겠구마.

불 꺼지고 사람들 흩어진다. 사이. 닭 울음소리 들려온다.

연이, 짐을 싸들고 밖을 나온다.

연이 영수 이 종간나 새끼, 내래 간다. 기둘리라.

연이, 황급히 무대를 빠져나간다.

10. 만남의 자리

봉남과 경해, 재영과 난주, 동호와 해미, 명호와 민영 네 쌍의 남녀가 등장한다.

조용한 왈츠 음악 나오고 네 쌍의 남녀 각기 춤을 춘다.

영수, 멀리서 이들을 지켜본다.

봉남 경해씨, 저 거시기니 고향 부모님께서 빨리 날짜 잡으라고 재촉이신디 우짜까요.

경해 내래 부끄럽습네다. 고조 알아서 하시라요.

재영 암만해도 신혼살림인데 내 맘대로 하면 어드럭한대요. 안 돼요.

난주 (울먹인다) 부모님께 하루라도 빨리 효도를 해야 될 거인데 시집간다고 이러구 나와서리 동생들 밥도 못 챙겨주고 불효가 이만 저만이 아닙네다.

재영 부모님 걱정은 하지 맙사. 내가 다 알아서 헌다 안 하더래요.

해미 고럼 가게 자리 하나 마련할 돈으루 만들어 주시갓습네까. (손수건 꺼내 들고) 고조 내래 고향 부모님 생각에 이러구, 참말 면목없습네다. 살기가 워낙 어려운 처지라 염치도 없이.

동호 걱정 말우. 까짓거, 전답 다 팔지유 뭐. 걱정 말우.

경해 참말 그리 해주시는 기지요.

봉남 아, 속아만 살았소. 참말이지. 그런 거 걱정허덜 말고 빨리 결혼 날짜를 잡아야 쓸 거인디.

경해 집에두 연락을 해봐야 허구.

봉남 내달 15일로 잡을 팅께. 암말마소. 이리 끌단 시간만 가요.

난주 왜 그리 서두르십네까. 조급허게 먹는 밥이 체하는 법인데, 조금만 더 생각을 해보는 거이.

재영 떡 본 김에 제사 지내고 넘어진 김에 쉬어간다고 이런 일은 날래 해치우는 게 상책이사.

해미 그래도……. 준비도 해야 하지 않습네까.

동호 (해미 허리 젖히며) 걱정 말우. 내가 다 알아서 한다니께유.

세 쌍의 남녀 퇴장하고 영수와 박명호, 민영만 남는다.

명호 그 쪽은 참말 요즘 처녀 같지 않네예. 우리 엄니 말씸마따나 요즘덜 엉덩이에 바람만 잔뜩 들어가가…….

민영 바람요. 고럼 어드럭케 삽네까.

명호 그기 아이고.

민영 저희 연변 처자들은 다 이렇습네다. 내래 특별히 얌전한 것도 아니야요. 우리 오마니가 들으셨으므는 요절복통 박장대소하셨을 거인데. 고조 네래 엉덩이 뿔은 어디다 감췄네. 빨리 내라, 빨리 내라.

-사이-

명호 농사일 그거 쉬운 거 아니라예. 여름 땡볕에 엄니 고생하시는 것도 여러 해 봐왔구예. 쌀이네 뭐네 다 수입해가 들어오는데 그까짓 농사 뭐 하러 짓냐 하는 사람도 많았심더. 허지만 다른 사람 하기 싫탄다고 지마저 안 하면 어짭니꺼. 나중에 농사짓는 사람들 다 없어지고 나면은 모두들 고스란히 앉아서 굶어 죽을랍니꺼. 우리 농군들도 장인정신 갖고 일합니더. 그거 없으믄 못 하지예.

민영 대한민국 국민의 밥상을 책임진다. 제 짧은 소견으로도 과연 독립운동만큼이나 훌륭한 일입네다.

명호 요즘이야 농기구들도 최첨단이고 시골이라도 있을 거 다 있지만……. 그 뽀얀 살갗이 시커멓게 다 타고, 뻐덕뻐덕 거칠어질지도 모릅니더.

민영 그리도 훌륭한 일을 하시는데 당연히 도와 드려야지요. 독립운동 하신 우리 할아바이도 분명 기뻐하실 거입네다. 독립운동 하신다고 타국에서 타향살이 고초란 고촌 다 당허시고 늘 고향 땅만을 그리며 사셨는데, 결국 타국 땅에 묻히셨으니……. 한국 땅을 그리도 밟아 보고 싶어 하셨더랬는데…….

명호 이 나라는 그런 분들이 지켜오신깁니더.

민영 진정으로 민족과 나라를 위하는 일이라믄 팔 걷어붙이고 나서야지요, 아무래도 독립군 자손인데. (사이. 영수 눈짓한다.) 저, 그나저나 참가비 천만원은 어드렇케 해결되셨습네까?

명호 마, 걱정 마시소. 아르바이트 시작했다 아입니꺼.

일시 정지.

11. 종로 4거리

종로 4거리, 만성 신부전증 환자들이 도로 한복판을 점거하고서 농성 중에 있다. 농성자들은 병원 환자복을 입고 있으며, 그 중의 몇몇은 수혈을 받는 것 같은 모양으로 피가 가득 든 봉투의 링거 주사를 팔뚝에 꽂고 있다.
그들은 또한 '국민 기초 수급으로 니들이 살아봐라', '국가는 진정으로 국민을 생각하는가', '진정한 기초 생활 보장하라' 따위의 피켓을 들고 있다.
농성자들이 사거리 도로 한복판을 막고 점거하고 있어서 교통은 완전히 마비상태이다. 농성 소리, 여기 저기서 빵빵 울려대는 차 클렉슨 소리로 무대 위는 시끌벅적하다. 무대 한쪽으로 '신속 배달'이라 써 붙인 박명호의 차가 보인다.

농성자1 신장을 기증받지 못하면 평생 수혈로 생을 연명해 가야 하는 우리 같은 사람들한테 제대로 된 의료보호는커녕, 그나마 있던 생활보호 대상자까지 반으로 줄이려 들다니 아, 이게 도대체 말이나 됩니까.

농성자2 안 되지.

농성자3 이젠 신장 갖다 사기 처먹는 것들 생각만 해도 신물이 난다구.

농성자5 국가는 도대체 뭘 하고 있는 거냐.

농성자4 내가, 내가 꼴이. (피가 든 봉투를 흔들어대며) 여기다가 이혼까지 해야겠어. 내가.

농성자2 옳습니다. 국가는 반성하라.

농성자들 반성하라. 반성하라.

농성자1 제대로 된 의료보호 실시하라.

실시하라. 실시하라.

전경들 군홧발 소리 들린다. 농성자들 앞을 가로막고 선다.

전경들과 농성자들 대치 상황은 모두 농성자들의 마임으로 보여준다. 차들 더욱 빵빵거린다.

농성자4 이거 뭐 하는 것들이야. 뭐 하자는 거냐구들.

농성자5 아주 눌러버리자는 수작이에요.

농성자2 맞아요. 국가는 반성하라.

농성자들 반성하라. 반성하라.

농성자1 제대로 된 의료보호 실시하라.

농성자들 실시하라. 실시하라.

농성자들과 전경들 서로 계속해서 밀고 밀린다.

무대 앞쪽으로 뉴스 앵커와 카메라를 든 카메라맨이 등장한다.

앵커 저는 지금 만성 신부전증 환자들이 농성을 벌이고 있는 종로2가 사거리에 나와 있습니다. 이들은 오늘 아침 일찍이 종묘공원에 모여 집회를 갖고 현재 투석 치료를 받고 있는 만성신부전증 환자들이 국민기초생활보장법으로부터 보호를 받게 해달라고 정부에 요구했다고 합니다. 만성 신부전증 환자 협회는 전국의 만성 신부전증 환자 2만여 명 가운데 생활보호 대상자는 8천여 명 정도가 되지만 기초생활보장법이 실시되면 이 가운데 절반이 대상에서 탈락된다고 밝혔습니다. 그럼 여기서 농성자 몇 분과 인터뷰를 해보도록 하겠습니다. (농성자4에게 마이크를 들이민다.) 자, 요구 사항이 정확히 뭔가요?

명호 (차에서 내린다) 뭐 하는 기가. 참말 퍼뜩 가얄 긴데.

농성자4 이게 뭐요?

농성자3 우리의 의사를 정확히 밝히라잖소.

농성자4 아, 그러니까 내가 지금 팔자에도 없는 이혼을 허게 생겼드란 말요, 잉.

앵커 이혼이요?

농성자4 잉, 위장이혼. 국민기초생활법에 맞게 살려면 이혼을 해야지 별수가 없어요. 마누라고 자식새끼들이고 뿔뿔이 흩어져야 국가에서 나를 좀 봐준다는데, 병든 몸에 돈은 없으니 어쩔 수 없잖소.

농성자2 아니, 지금 무슨 소리야. 나 참, 우리의 의사를 정확히 밝히라잖아. (마이크를 부여잡고) 국가는 반성하라. 반성하라. 제대로 된 의료보호 실시하라. 실시하라.

앵커 (농성자2에게서 마이크 뺏는다.) 현재 이들은 종로 사거리 한복판을 점거하고 있어 시청에서부터 종묘, 종로3가와 5가, 퇴계로에 이르기까지 이 일대 교통이 전부 마비되고 있습니다. 이곳을 지나가야 하시는 분들 참고하시기 바랍니다. 이상 현장에서 백지현이었습니다.

(마이크 등 장비들을 정리하고 손거울을 꺼내본다) 자, 다음 장소로 가죠.

앵커와 카메라맨 퇴장.

농성자들은 계속해서 구호를 외치고 있다.

명호 도대체 뭔 일인데 이카나. 무슨 일인지 아십니꺼? 몰라예? (시계 본다) 아이구마, 시간 없는데 큰일 났다. (차들을 헤치고 앞으로 나간다. 농성자들과 전경들의 대치 상황) 웬 환자들이고. (전경들 사이를 비집고 들어가 농성자4의 팔을 붙잡는다) 도대체 무슨 일입니꺼? 무슨 일로 이카십니꺼?

농성자4 댁은 또 뭐요?

농성자2 이 사람은 카메라도 없이 어떻게 들어왔데. 혹시 정부 쪽 사람이슈?

농성자5 뭐 정부?

농성자3 우리 쪽 요구를 들어주겠다 이건가.

명호 아이, 그기 아이구요.

농성자4 정부가 그렇게 호락호락할 리가 없지. 끝까지 갈 테면 가라지.

농성자1 거기 뭐요. 집중들 하세요. 집중. 앞에선 목이 터져라 소리치고 있구만. 자, 국가는 반성하라.

농성자들 반성하라. 반성하라.

명호 (농성자4에게) 아저씨요. 도대체 무슨 일로 이카십니꺼. 예?

농성자4 아, 답답하네 거. 댁이 무슨 상관이요.

명호 제가요 지금 아르바이트 중이지 않습니꺼. 퀵 서비스라예. 시간이 없어가 퍼뜩 가야 될 판인데……

농성자4 그런데요? 아, 돌아가면 되잖소. 오토바이로 그것도 못 해요.

명호 차로 한다 아임니까. 근데 도로가 이리 막히가……

농성자4 뭐요, 차로?

농성자5 (웃음) 이 양반 웃기네.

농성자3 무슨 소리여. 뭐가 웃긴다 그려.

농성자5 아니, 이 양반이 글쎄 차로다 퀵 서비슬 한다네.

농성자3 뭐여, 차로다. 서울서.

농성자4 그래서 빨리 물러들 나라 이거요. 지금.

명호 그기 아이구요.

농성자4 그게 아니면 뭐여.

명호 무슨 일인진 몰라도 빨리 해결을 보자 이거지예.

농성자3 사정은 안됐소만 우리도 우리의 의견이 정부 시책에 관철될 때까지 물러나지 않을 생각이요.

농성자2 아니, 어째 서울에서 그런 생각을 다 했소. 차로다 퀵 서비스라니. 쯧쯧.

명호 우짜면 좋노. 우째야 좋겠습니꺼.

농성자4 정 그렇게 급하면 우리 같이 싸웁시다. 이 길밖에 없어요. (박명호에게 띠를 둘러주며) 이 싸움이 끝나야 이 교통지옥도 빨리 풀려요.

명호 우짜면 좋노?(사이, 울상이 되어 기운 없이) 알겠심더.

농성자1 동지, 우리 잘해봅시다.(박명호의 손을 잡고 힘차게 흔든다. 다시 구호 외친다.) 국가는 반성하라.

명호 국가는 반성하라.

농성자들 반성하라. 반성하라.

농성자1 제대로 된 의료보호 실시하라.

농성자들 실시하라. 실시하라.

명호 (기운 없이) 실시하라.

일시 정지.

2층 무대 조명 들어오고 지점장 보인다.

지점장 이봐요, 78번. 지금 거기서 뭐 하는 거요.

안내원(소리) 여기는 고객의 1초도 아끼는, 고객을 가족같이 헐레벌떡 퀵입니다.

지점장 당신 때문에 회사 이미지가 어떻게 된 줄 알아. 당신, 해고야.

명호 안 됩니더. 안 돼예. 점장님요, 점장…….

지지직하는 무전기음 들려온다.

넋이 나간 명호, 한동안 멍하니 서 있다가 차 클랙슨 소리에 놀라 자신의 차로 돌아간다.

지나가는 행인 속에 경수, 박명호에게 다가온다.

경수 (명호를 발견하고) 명호야.

명호 아이고마 경수 행님, 여기 우짠 일이십니꺼.

경수 집 팔고 땅 팔고 서울 올라왔다 아이가. 지금 동네 어수선하니 난리도 아이라. 워낙에 사람이 없었지만서도 그나마 남아 있던 사람들마저 다 뜨는 판이라. 니도 서울로 올라왔든가 보제?

명호 아이라예. 선본다고.

경수 뭐, 선? 혹시 그 연변 처녀들하고……. 어매, 이노무, 이노무 자식 지금 어딨드노.

명호 누구요?

경수 누군 누구. 이영순가 김영순가 하는 그 주선자 말이다. 그거 순 사기꾼 일당이라.

명호 사기꾼요.

경수 그 여자 도망가뻿다 아이가.

명호 도망요.

경수 첫날밤 치르자마자 집 안에 있는 거 싹 들고 튀뻿다 마. 동네 챙피해서 어디 말도 못 하고…….

명호 뭐라예. 그기 참말인교.

농성자2 (핸드폰을 들고) 뉴스에 나오네. 빠르기도 하다.

농성자3 어따, 아저씨 화면빨 잘 받는데요.

농성자4 내가 좀 하지.

농성자1 그럼 오늘은 시간이 다 됐으니 고만하고 갑시다.

전경들과 농성자들 짜기라도 한 듯 흩어진다.

명호만 덩그러니 남는다.

12. 일본의 국무성과 한국의 대통령 집무실

무대는 일본 국무성과 한국의 대통령 집무실로 나뉘어있다.

조명 들어오면 대통령 집무실.

대통령과 경제수석, 이원영이 보인다.

대통령 일은 차질 없이 잘 진행되고 있습니까.

경제수석 예, 지방에 주인 없이 놀고 있는 땅들은 이미 국유지로 넘어온 상태고, 농민들 대부분 이미 농사만으로 살기 어려운 실정이라 땅들을 많이 매각하고 있습니다.

대통령 국유지라 하더라도 쉽게 처분하는 것은 절대 안 됩니다. 정말 신중에 신중을 기하세요. 국민 정서도 생각해야 하지 않겠어요. 갑자기 마을에 외지인이 들어오면 아무래도 불편하겠지요.

원영 걱정 마십시오. 농촌이나 어촌 같은 시골 마을들은 노령인구가 절대적이어서 그 기능을 제대로 하지 못하는 상황이라 젊은 사람들이 들어오는 걸 오히려 반기는 실정입니다.

경제수석 근데 하필 일본 사람에게만 땅을 넘긴다는 것이 좀……. 국민 청원도 빗발치고 있고요.

대통령 그럼 나가보세요.

원영과 경제수석 나간다.

대통령 수화기를 들고 어딘가로 전화한다.

집무실 조명 꺼지고, 일본의 국무성 조명 들어온다.

모시요리 내무대신 방위대신 쏘냐사 대표가 보인다.

모시요리 일은 계획대로 잘 진행되고 있습니까.

대표 네, 하지만.

방위대신 대국 일본의 태양이 떠오르고 있스무니다. 하이.

대표 하지만 그쪽에서 3년간 땅을 개발하지 않는다는 조건을 내걸었습니다.

모시요리 3년이요.

내무대신 그런 건 신경 쓸 필요 없소. 어차피 우리 땅인데 그깟 3년이야.

대표 그보다 더 큰 문제가, 땅을 이 지역 저 지역 드문드문 나누어서 그것도 조금씩 판다는 겁니다.

방위대신 돈은 얼마든지 주겠다고 해요.

모시요리 동양의 팔레스타인 분쟁, 이미 시작한 겁니다. 북한 쪽도 접촉해보세요. 통일이라도 되면 큰일입니다. 밀어붙이세요.

모두 하이.

암전.

13. 연변처녀 여관방

경해, 난주, 민영이 보인다.

경해, 전화를 하고 있다.

경해 예, 오마니. 내래 잘 있시요. 걱정 마시라요. 지도자 오라버니도 잘 해주시고요, 예. 서울이래 참말 살기가 좋습네다. 목간통마다 뜨거운 물 콸콸 쏟아지구요. 길거리를 다녀두 얼음바람 통에서 찬바람이 씽씽 나니 오뉴월에도 얼어죽을 판입네다. (사이) 아, 고럼은요, 감기 안 걸릴라믄 따습게 입고 다녀야지요. 걱정 마시라요. (사이) 경숙이네? 네래 연애질 한다구서리 온 동네 방네 쏘다니지 말라. 꼭 엉뎅이 뿔난 망아지모냥, 알간. 고조 언니래 돌아갈 때꺼정 집에 얌전하니 붙어 있으라. 오마니 아바지 때 거르게 허지 말고. 내래 다 물어볼 기야. (사이) 기래 기래 말 잘 듣고 있으므는 내래 설화수 한 통 사다 줄 테니끼니, 기래. 들어가라. (전화 끊는다.)

난주 집에다 전화하셨시요.

경해 내래 빨리 집엘 가야지. 오마니 병구완도 해야 하구. 늙으신 아바지 조석도 챙겨야 허는데 내래 이게 뭐 하는 짓인지 모르갓다.

난주 조금만 더 참으시라요. 요번 일만 성사되므는 아주마니 약값, 아자씨 가게 빚 걱정 없지 않습네까.

경해 (민영에게) 너도 그리 생각하네. 난 어째 불안하다,(난주 목덜미 잡으며) 꼭 덜미를 잡힐 거모냥. 사람들 참 순박하고 성실해 뵈던데, 그런 사람들 속여 등쳐 먹는다는 거이 영 께름칙해야.

난주 그런 약헌 소리 마시라요. 우리도 어렵게 온 길인데.

민영 어려운 사람들끼리 약점 잡아서 돈 뜯어낸다는 거이 인간으로서 할 짓이 아니지요.

경해 넌 명혼가 허는 그 사람하고 쿵짝이 맞는 거 같든데, 쉽게 마음 주지 말라. 다 너만 속 버리는 기야.

민영 전 진심으루다가…….

해미, 옷 한 벌을 들고 헐레벌떡 뛰어든다.

해미 (원피스를 펼쳐들고) 이거 보시라요, 이거 보시라요. 우리 동호씨가 선물루다 사주신 옷입네다. 보시라요.

경해 아휴, 내래 정신 사납다.

해미 만져 보시라요. 참 곱지 않습네까. 곱지요. 곱지요.

난주 참말 곱구나. 천두 참 좋구.

경해 네래 지금 연애 걸러 온 줄 아네. 착각 말라.

해미 내래 뭘 어쨌다고, 무슨 말을 그렇게 하십네까. 지금 내래 질투 하시는 겁네까.

경해 말본새 보라.

난주 와 이러십네까. 참으시라요. 나이가 어린 걸 어드럭합네까.

해미 나이가 어리니 귀여움 받는 게 당연한 일이지요. 언제 이런 거 받아나 보셨습네까.

경해 아니, 기래도…….

민영 그만하라. 거 뭐이 자랑이라고.

해미 자랑이지 자랑이 아닙네까 그럼. 어차피 뜯어가자구 온 거 뜯어갈 만큼 뜯어 가면 되는 거인데. 너무 고상한 척하지 마시라요, 같은 처지에 있으문서리.

민영 뭐이 어드래.

해미 그럴 거면 여긴 뭐 하러 오셨습네까. 다들 고상한 척 연변에 계시지요.

경해 뭐야, 이 에미나이.

여자들 서로 얽혀 싸운다.

사이. 연이, 가방을 들고 들어온다.

연이 저, 여기가…….(여자들 멈춘다.)

난주 무슨 일이십네까.

연이 여그가 맞구나.(자리 잡고 앉는다) 영수 그 종간나이 어디 있네.

난주 고향 분이시구만요. 근데 오라버니는 무슨 일로다.

연이 오라버니는 무슨. 니들도 내 꼴 안 날라믄 정신 차리라.

해미 예?

연이 니들 몇 차네.

경해 6찹네다.

연이 완존 피래미들이구나. 내래 3차야.

모두 (엎드리며) 선배님.

경해 근데 어드럭케…….

연이 영수, 그게 처녀 장사치라.

모두 예?

연이 혼인은 안 하기로 하고 왔지?

모두 예.

연이 근데 고거이 다 거짓뿌렁이라 이기야.

경해 아니, 고럼.

연이 니들 지금 수중에 돈 있네 돈. (사이) 거보라. 영수 그 종간나이 (영수 흉내 내며) 나 믿으라 연변 가서 다 분할한다 똑같이, 하구서 돈이란 돈은 다 지 손에 쥐고 있지 않네. 결혼 자금 하라고 받은 돈까지?

난주 맞습네다. 남자 쪽에서 받은 참가비며 우리들이 거두어 올린 성과물까지 다.

연이 근데 그 종간나 결혼 날짜 잡아놓구 혼자 토낀다.

난주 메라구요.

경해 그게 참말입네까.

연이 정신들 차리라. 정신.

해미 근데 아까부터 왜 자꾸 반말이십네까. 반말이.

모두 해미 노려본다.

경해 고조 철딱서니 없어서리. 이해하시라요.

연이 (해미 보며)조론 계집아 뭣도 모르고 당한다이.

경해 그 말이 참말이라문 어드럭케…….

연이 아이고, 내래 뭣도 모르고…… 하루아침에 의지가지할 데도 없이 남아가지고서리…….(울음을 터트린다.) 내래 낯짝이 있지 사기꾼 일당이었다는 말을 어드럭케 하갔네. 꼼짝없이 혼인 치르고 첫날밤에…….(울음)

난주 아니 고럼 꼼짝없이 혼인을 치렀다 이 말이십네까. 말씀을 좀 해보시라요.

민주 혼인을 하기로 했으문 해야지요. 애초에 생각을…….

경해 고럼 다른사람들은…….

연이 그냥 그렇게 사는 거이지. 혼인까지 치른 마당에 여자 팔자 어쩔 수 있간.

경해 고럼 돈은, 돈은 어드럭케 됐습네까.

연이 어드럭케 되긴 뭐이 어드럭케 돼. 영수 그 종간나이 다 들고 튀었다니끼니.

해미 (주저앉으며) 아이쿠나, 어쩌믄 좋습네까 이 일을. 내래 그 늙은이하고 혼인을 해야 된다니, 죽기보다 싫습네다. 내래 살려주시라요.

경해 (해미를 보고) 니 조용히 못 하네. (연이에게) 이 일을 어드럭케 하문 좋갔습네까.

연이 내래 그 간나 잡으러 사방으로 댕기면서 곰곰이 생각해 봤서.

이걸 어드럭케 잡을 거인지. 확 갖다 불법체류자로 신고를 해 버릴까. 고조 깨끗허게 연변으로 끌고 가서리 연변 공안한테 다 확 넘겨 버릴까. 허나, 그거이 아니야. 그전에 할 일이 있서. 내 돈, 금싸라기 같은 내 돈, 그거 받아야 되지 않갓네.

경해 무슨 묘안이라두.

연이 내 말대로 하라. (모두 결의에 찬 표정)

영수(소리) 고조 걱정 마시라요. 연변에 널리고 널린 거이 처녑네다. 아, 고롬은요. 모두들 실허지요. 품질보증 확실합니다. 고렇치요. 예, 예, 예. 아, 고럼 다음 달로다, 예, 예. 고럼 들어가시라요.

연이 무대 뒤로 몸을 숨긴다. 경해, 난주, 민영, 해미 각자의 자리로 돌아간다.

영수 등장 이후부터 연극이 진행되는 동안 여자들이 서서히 영수의 주위를 에워싼다.

영수 (핸드폰 들고) 내 살다 살다 중신해달라고 지가 직접 전화하는 자석은 첨 보네. 이거 모지리 아이가? 내래 무슨 상관이가. 돈만 챙기면 됐지. (여자들보고) 와들 이라고 있는 거이네. 방구석에 처박혀서리. 이러구 있으문 쌀이 생기네 돈이 하늘에서 뚝하고 떨어지네. 빨리 빨리들 나가라.

해미 오라버니, 오라버니. 이 옷 좀 보시라요. 동호 씨가 선물루다 …….(옷을 몸에 대보며) 곱지 않습네까.

영수 오호, 기래. 역시 해미구나. 다들 좀 보고 배우라. 근데 이런 거 말고 또 뭐 없네. (사이) 아니, 이런 거 말고 실질적으루다 땅문

서랄지, 집문서랄지, 뭐 그런 걸 받아 왔어야지.

해미 아직 그 단계까지는…….

영수 그러니까 이러구 있지 말고 빨리 빨리들 나가란 말이다. 요번처럼 실적이 부진한 적은 없었어. 나가서 뛰라. 고조 꼴이 그게 뭐이네. 얼굴에 덕지덕지 화장도 하고 겨드랑이 사이로 향수도 뿌리고 이쁘게 꾸미란 말이다. 뭘 믿고 그러고 있네.

난주 본판이 이렇게 생겨먹은 걸 내래 어드럭 합네까.

영수 고조 호박에 줄 그어 봐라 수박은 못 되어도 애호박 정돈 되지 않갓네.

경해 그나저나 영수 오라버니 무척 바쁘신 거 같습네다.

영수 고롬, 벌써 7차 준비 들어갔어. 내래 몸이 열 개라도 모지라야.

민영 7차, 남아 있는 처녀가 어데 있습네까.

영수 고롬, 줄 서서 기다리고 있서, 번호표 받고. 니들은 복 받은 기야. 알간. 근데, 이게 뭐이네. 똑바로 좀 하라.

경해 저희들 돈은 잘 게지구 계신 거이지요.

영수 고롬, 걱정 말라. 연변으로 돌아갈 때꺼지 내 이 가슴팍에 잘 모셔두고 있을 거이니까.

경해 연변으론 언제쯤 돌아가는 겁네까.

영수 각자 임무를 다 완수할 때.

난주 저흰 이만하면 족합네다. 고조 착한 사람들 등쳐 먹는 것도 못할 짓이고…….

영수 무슨 소리하네. 느이들이 뭐 한 게 있다고. 앞으로 두 배는 더 긁어낼 수 있어 고롬.

민영 저희는 고만 돌아가갓습네다.

영수 와 이라네, 돌아가긴 어딜 돌아간다고.

경해 오라버니 같이 가실 거 아이무는 고조 돈 주시라요. 차비 할라니끼니.

영수 니들 지금 가면 본전도 못 찾고 가는 기야.

난주 저쪽에서 자꾸 혼인 날짜 잡자고 난린데 그건 어쩝네까.

영수 날 잡으라.

해미 뭐이 어드레요. 오라버니, 혼인은 안 한다고 하지 않았습네까.

영수 날만 잡으라. 그 전에 뜬다.

민영 완벽한 사기.

영수 고렇지.

민영 참말 쇠고랑 차고 싶습네까.

경해 참가비로 받은 천만원만 있어도 저흰 충분합네다. 주시라요.

영수 민영인 고것도 못 받았잖네.

민영 전 필요없습네다.

경해 어서 주시라요.

난주 주시라요.

해미 오라버니, 주시라요.

경해 주시라요.

난주 주시라요.

해미 주시라요.

민영 주시라요.

영수 와 이라네 니들. (사이) 좋아 니들이 이렇게 나온다 이기지. 내래 다 불갓어.

경해 뭘 말입네까.

영수 혼인, 그거 다 사기다. 니들 돈 뜯으러 왔다.

민영 그렇게 하시라요.

영수 뭐이?

민영 그렇게 하시라요. 안 그래도 께름칙했는데 잘 됐시요. 다 말하시라요.

영수 야, 그럼 니들 다 영창 가는 기야. 알간. 이러구 쇠고랑 차구. 끝이야.

민영 죄를 지었으문 당연히 죗값을 받아야지요.

해미 무슨 소립네까 우리가 왜 쇠고랑을 찹네까. 차도 오라버니가 차야지. 저희는 고조 영수 오라버니만 믿고 따라왔을 뿐입네다.

경해 피차간에 좋을 거 없으니끼니 고조 돈, 주시라요.

난주 주시라요.

해미 주시라요.

연이 (숨어 있다 나오며) 남은 거 있으문 내 돈도 좀 주시라요. 오라버니.

영수 (놀라 자빠지며) 뭐이가 넌.

연이 벌써 잊으셨시요 오라버니. 서운합네다. (영수, 멱살 잡으며) 이 종간나야.

영수 어드럭케 …….

연이 뭐이 어드럭케야. 내래 널 잡으려구 얼매나 이를 간 줄 아네.

영수 니들 다 알구서리. (도망치려 한다.)

연이 (막아서며) 어딜! 가려거든 내 돈 내놓고 가라.

영수 (연이 밀치며) 저리 비키라.

연이 뭐 하네.

여자들 달려들어 영수를 잡는다.

명호와 경수, 경찰들과 등장하다.

경수 이영수. (연이를 보고) 여그 와 있었네. 거 보라 이거 완전히 사기꾼 일당이라 안 카더나.

경찰 (이영수에게 수갑 채우며) 갑시다.

경수, 경찰들과 이영수를 끌고 간다. 사이렌 소리 들려온다.

여자들에게 쇠창살 씌워진다.

민영 면목 없습네다.

명호 어쩌자고 이런 일을……. 어머니가 눈 빠지게 기다리고 계실 긴데.

민영 저희 욕심만 부리다가 고조 눈이 멀어서리…….

난주 따지고 보면 저희도 피해잡네다 사기극에 놀아난.

해미 맞습네다. 우리 좀 꺼내주시라요.

연이 모든 거이 다 영수 저 간나 혼자서 꾸민 일이야요. 우리는 뭣도 모르고…….(격하게 운다.)

경해 민영이 그리 미워하지 마시라요. 쟈만큼은 진심이었으니끼니.

민영 그런 소린 뭐 할라구 하십네까.

명호 지만 믿고 계시소. 죄 없는 사람 잡아가게 둘 순 없지예.

암전.

14. 박명호의 고향 마을

명호의 부친과 모친 보인다.

사이, 경철네 등장한다.

경철네	아이구마, 어째 동네가 갈수록 썰렁해지는 거이 똑 무덤 속 같구만요.
모친	이제 몇 집이나 남았든가.
경철네	어제 저 앞집 수철네도 이사 갔으니까, 아이구마 이자 한 서너 집 남았는가 보네예. 어차피 노인네들 남았던 거 후하게 쳐준다니 정리해서 자석들 집으로 들어간다꼬. 자석들이야 돈 가지고 들어오는 부모 마다할 리 있습니꺼.
부친	죽을 때가 되면 맘이 변한다더마는. 평생 흙 파먹고 살다가 시멘트 바닥에서 우에 살겠다꼬…….
모친	수철네까지 이사 가고 나니 괜히 심통이 나가 저러는 기라. (사이) 근데 어제 보이까네 이사 간 자리에 일본 사람들이 왔다갔

다 해쌓던데…….

경철네 몰랐어예. 땅을 다 일본 사람들이 산다 아입니꺼.

모친 뭐라, 일본?

경철네 (일본인 걸음걸이 흉내 내며) 땅을 사는 사람들이 일본인뿐이라예.

부친 망쪼가 든 기라 참말로.

공항 안내원 소리 들려오는 가운데 2층 무대로 조명 들어오면 명호와 민영, 여자들이 보인다. 동시 상황.

소리 13시 인천발 중국 상해행 비행기 탑승하실 승객께서는 제13게이트로 탑승해 주시기 바랍니다. 13시 인천발 중국 상해행 아시아로 비행기 탑승하실 승객께서는 13게이트 이용, 탑승해주시기 바랍니다.

경해 우리 아니네?

난주 들어가야 되는 기지요?

해미 드디어 내래 비행기 탄다야.

경해 고맙습네다. 이래 돌아갈 차편까지 만들어주시고.

경철네 명호는 무신 소식 없습니꺼.

모친 와, 지금 오구 있을 거구만.

경철네 샤시는 어찌 잘 됐습니꺼.

모친 경수 생각하므는 내 속이 다 상하는구마는.

경철네 그러게 말입니더. 어찌 그런 일이 다 생겨가.

경해 면목 없이. 민영이 니 잘 살라. 민영이 잘 부탁드립네다.

민영 집에다 말씀 좀 잘 전해 주시라요.

경해 고롬, 걱정 마라.

해미 우리 늦갔습네다. 빨리 가자우요.

난주 또 소란 떤다. 조조 에미나이래 철이 언제나 들 거인지. 쯧쯧.

경해 걱정 말고 들어가라. 내래 느이 집부터 가 볼 테니끼니. (명호에게) 들어가시라요.

여자들 퇴장. 비행기 소리 들려오는 가운데 2층 무대 조명 꺼진다.

경철네 아이구마 잘 됐네예.

모친 뭐가.

경철네 뭐긴요. 명호 샥시 말입니더.

모친 그렇지.

부친 굼벵이도 구르는 재주 있다더만.

모친 굼벵이요. 아이고 명호도 좋은 부모 밑에서 지대로만 컸으므는 어데 저리 됐겠습니꺼. 부모가 요 모양이니께네.

부친 뭐라. 내 뭐 못해준 게 있다 그랬쌓노. 밥을 한번 굶겼드나 옷을 못 입혀가 벗고 댕겼드나.

모친 요즘에 밥 굶고 다니는 사람이 어딨습니꺼.

이때, 명호와 민영 시골집으로 등장한다.

명호 밥 굶는 사람들 많습니더, 서울에. 참말이라예. 티비 뉴스에서 본 그대롭니더.

모친 아이구 명호 아이가.

경철네 일찍 출발했나보제.(민영에게) 오느라 욕 봤데이.

민영 처음 뵙갓습네다.

명호 서울이 살 데가 못 됩디더. 차도 꼼짝을 안 하고 사람들 인심만 사나운 게.

부친 다 서울로만 몰려싸서 그리 된 거 아이가.

명호 (밖을 나서며) 동네가 참말로 조용하네예.

경철네 죄다 집 팔고 땅 팔고 떠서 그랴.

모친 어데 가노.

명호 논에 좀 가볼라꼬예.(퇴장)

모진 (명호 짐을 받아들고) 병이라 병. 맘 놓고 쉬지도 못한데이.

부친 농사꾼이 논에 나가는 거이 무신 병이가.

모친 처녀, 오느라 고생했다.

민영 괜찮습네다. 걱정 마시라요.

모친 부모님은 다 계시고.

민영 예, 길림성서 만두 파십네다.

모친 형제는.

민영 밑으루 동생 둘이 있습네다.

모친 고생이 많을 낀데, 농촌 살림이라는 게.

민영 걱정 마시라요. 민족의 밥상을 내가 지킨다. 독립운동만큼이나 훌륭한 일입네다. 동참해야지요.

부친 시어마이보다 새아가가 낫구마는.

모친 어이고 짐부터 풀라는기.

민영 가방을 들고 방으로 들어간다.

이원영과 쏘냐사 대표 등장. 집을 나가려던 부친과 마주친다.

원영 주인어른 계십니까.

부친 어서 오셨습니꺼?

원영 주인어른 되십니까?

부친 그렇소만.

원영 국가 재경부 요원 이원영입니다.(명함 건넨다.) 청년 일자리가 모자란 상황에서 놀고 있는 땅에 공장을 세우면 일자리도 늘고…….

부친 뭐, 공장? 땅 안 팝니더. 마, 가소.

원영 아니, 고령화 사회에서 이제 초고령화로 넘어가는 상황에서 이렇게 밥만 처죽이는…….

부친 뭐라? 우리가 밥만 처죽이는 밥벌레라 이기가?

원영 아니, 그게 아니고요 어르신. 제 말은 젊은 사람들이 돈을 못 벌어서 결혼을 못 하니까 애들이 없고 그러면 국가가…….

모친 걱정 마이소. 우리 아들이 이자 혼인도 하고 며늘아가 아도 낳을 깁니더.

원영 그러면 아드님 직장이 안정되는 게 무엇보다 중요하겠네요. 저, 여기 이분이 누구시냐면…….

부친 아니, 글쎄 딴 데 가서 알아보소. 땅 부쳐 먹고 사는 농사꾼이 땅을 팔면 우째 먹고 산단 말입니꺼. 마, 가소.

대표 돈은 얼마든지 주겠다고 하세요.

부친 퍼뜩 나가소 마. 더구나 일본 사람한테 내 땅 못 넘겨 줍니더.

하무, 그리는 못 하지.

원영 다 나라를 살리자고 하는 거 아닙니까. 대를 생각하세요 대를.

부친 나라를 또 뺏기란 말입니꺼. 나가소 마. (빗자루 들고)

모친 저 양반이, 참으시소. 예.

경철네 참으시소, 이분도 나라 경제 살려보겠다고 이러는 거 아입니꺼.

민영 (나오며) 아버님 말씀이 옳으십네다. 독립군의 자손으로서 그건 저도 못 봅네다.

한바탕 옥신각신 몸싸움이 벌어진다.

명호 등장.

명호 무슨 일이십니꺼.

모친 땅 안 팔겠다고 이리 난리 아이가.

경철네 사실 사람 살 곳이 못 되지. 점점 동네도 썰렁하니 비고. 노인네들밖에 안 남았다 아입니꺼.

부친 이런 놈들 때문에 점점 농사짓고 살기가 어려워지는 기다.

원영 공장이 세워지고 일자리가 생겨나면 청년들이 유입이 되고 (명호 가리키며) 이렇게 결혼도 하고 마을이 다시 살아나지 않겠습니까. 윗분의 지시가 떨어졌어요.

부친 이거 사기꾼 아이가.

원영 명함 드렸잖습니까. 그쪽에서도 도와주겠다 하구.

부친 도와주긴 뭘 도와줘. 자들이나 잘 살락케라.

명호 땅이 여기뿐입니꺼. 지는 농사짓고 살라니까 마, 나가시소.

원영 이건 알박기입니다. 법적으로 다툼의 요소가 있어요.

부친 그런 건 난 모르겠고 일본 사람한테 내 땅 못 준다.

다시 벌어지는 몸싸움.

이때,

민영 방문 옆에 농기구를 들어 원영을 내려친다.

민영 독립군의 시신은 아직도 돌아오지 못하고 있는데 당신들은 이 땅에서 여전히 떠날 줄을 모르는고나.

긴장을 고조시키는 북소리 들려오는 가운데 검은 양복을 입은 남자들이 나와 원영의 팔을 잡는다.

1층 조명 암전.

2층 무대로 대통령과 감사원장 보인다.

감사원장 조사 결과 일본 정부와 뒷거래가 있었습니다. 땅들은 아직 국고로 남아 있는 상태입니다.

대통령 공공부문과 공적 영역의 부정부패부터 먼저 없애야 한다는 의지를 강하게 다져야 하지요. 작은 부패라도 강력히 처벌해야 합니다. 각 부처별로 전수 조사토록 하세요.

암전.

15. 에필로그

무대 조명 들어오면 2층 무대 양쪽으로 한국정부와 일본정부가 보이고 그 가운데 이영수와 원영이 있는 감옥 철창이 보인다. 그 앞으로는 명호의 혼례식이 벌어졌다.

모든 것은 동시 상황이다.

앵커가 무대 앞쪽으로 나와 방송 중이다.

앵커 그동안 사기 결혼을 도모해 지방에 사는 노총각들을 울려온 범인이 잡혔다고 합니다. 연변 처녀들을 속이고 데려와 이중으로 사기를 쳤다고 하는데요. 죄질이 아주 나쁘다고 아니할 수 없습니다.

영수 (핸드폰 들고) 고조 내래 간다 가. 조금만 기둘리라. 내래 중화인민공화국 인민인데 한국 경찰이래 어드럭 하갓어. 고롬. 니들 놔두고 나 안 죽는다. 7차, 8차, 16차까지 해야지. 고롬. 피죽도 못 먹고 굶어죽는 북한 아덜 내래 다 거둘 기야. 내래 안 죽어.

고조 서울 올 채비하고 얌전하니 기둘리라. 내래 간다.

청소원 북한 애들을 니가 왜 거둬.

앵커 또한 그동안 땅을 일본에 팔아넘긴 기획재정부 요원이 감사원에 의해서 잡혔다는 소식입니다. 정부에서는 재정 확대를 위한 논의 과정 중 이러한 사건이 벌어진 것에 대해서 사과 성명을 발표하였습니다. 이번에 잡힌 이원영은 뉴라이트 계열의 정치인으로 일찍이 일본 문부성의 국비 장학금으로 대학을 졸업하고 도쿄 대학교에서 정치학박사를 딴 수재로서 일본의 신친일파 정책의 원형이라 하겠습니다. 이 또한 공수처의 필요성을 알리는 실체적 사건으로 보이는데요. 앞으로도 정부 각 부처 및 국무 위원, 국회까지 감시, 조사하기 위해서는 반드시 공수처를 설치해야 한다는 의견이 공론화되고 있습니다.

원영 이것은 분명 함정 수사입니다. 이 정부는 민주정부가 아닙니다.

청소원 (마대자루로 철창을 친다.) 아주 쌍으로 염병하네.

일시 정지.

명호네 집 마당에서 전통혼례가 벌어졌다.

주례자 신부 출. (한복을 곱게 차려 입은 민영이 나온다) 부선재배. (민영 두 번 절한다.)

경철네 성님, 늘그막에 복 터져뿟다.

아낙1 며느리 들어와가 좋겠심더.

모친 누가 아니래더나.

주례자 서답일배.

명호 한 번 절한다.
무대 뒤로 불 들어오면 일본의 국무성과 한국의 국무 회의실 보인다.

대표 반발이 극심한 관계로…….
모시요리 이미 들통 난 일. 다른 방안을 검토하는 것이 좋을 듯싶소.
내무대신 북한을 먼저 공략해 봄이 어떨지요. 북한을 발판 삼아 만주 벌판으로 뻗어가는 겁니다.

일시 정지.

대통령 (수화기 들고) 여보세요. 철도부터 진행토록 하십시다. 출발지는 아무래도 서울역이 좋겠지요. 허허.
소리 대통령님께서 그리 하자 하시무는 그리 해야지요. 여정이도 남한 철로가 너무 좋으니 우리도 빨리 바꾸어야 한다고 성화를 부려서 아주 난감합니다.
대통령 천천히 시작하면 됩니다. 언제 방문 한번 하셔야지요.
소리 그러게 말입니다. 먼 거리를 포장하려니 영 시간이……. 아, 멀다 카믄 안 되갔구나.
원영 이곳은 민주정부가 아닙니다.
영수 내래 간다. 기둘리라.
청소원 염병하네.

주례자 서천지례.

명호와 민영, 마주 앉는다. 수모가 잔에 술을 따라 명호와 민영에게 준다.
명호, 민영 잔을 눈높이로 들어 하늘에 서약하고 잔을 내려 땅에 서약한다.

주례자 서배우례.

명호와 민영, 잔을 나누어 마신다.

경철네 마을에서 잔치라니. 앞으론 좋은 일만 있을 낍니더.
아낙2 하무요, 그래야지예.
주례자 서립부상향.(명호와 민영, 일어선다.)
모친 차린 건 없지만서도 모두들 많이 자시소.
주례자 서부예빈.

명호와 민영, 객석을 향해 인사한다.

막

기초 생활법에 의거한 신지식인 만들기

등장인물

남자 (35세 정도)

의사 (치과 의사와 안과 의사를 겸한다)

간호사 (치과 간호사와 안과 간호사 겸한다)

무대

무대는 전체적으로 어둡고 공허한 상태.

무대 중앙에는 치과 진료용 의자가 있고 그 한쪽으로 환자 대기실을
겸하는 병원 카운터가 위치해 있다.

무대 중앙에 놓인 치과 진료 의자 – 의자는 모든 면에서 치과에서 사용하는 의자처럼 보이지만 의자 뒤쪽에는 정신병원에서 환자를 동여맬 때 사용하는 끈이 달려 있어 기괴한 형상이다. 하지만 그 끈은 극의 진행에 의해서 보여지므로 처음에는 보이지 않는다. 진료 의자 옆에는 가느다란 줄이 위에서부터 늘어져 있다. 그 줄의 끝에는 집게 같은 것이 달려 있어서 나중에 X-RAY 사진을 매달 수 있게 되어 있다. 극 진행에 용이함을 위해서 그 줄은 필요할 때만 잠깐 내렸다 올릴 수 있게 한다. 또한 진료 의자 양편에는 약간 단이 높은 의자 두 개가 놓이는데 이것은 나중에 진료를 할 때 의사와 간호사가 앉는 보조의자 역할을 한다.

조명 들어오면 병원 카운터.
간호사는 카운터에 앉아 건성으로 책을 뒤적이며 무척이나 지루한 듯 껌을 씹고 있다.
극 초반 한동안은 카운터 자리에만 조명이 들어와 있다. 환자가 아무도 없는 환자 대기실의 그로테스크함이 느껴진다.

남자, 매우 어정쩡한 걸음걸이로 등장. 그는 한동안 주위를 두리번거리며 어색하게 행동하다 이내 환자 대기용 긴 소파를 발견하고 앉는다.

간호사는 그런 남자의 행동에 개의치 않고 계속 책을 뒤적이다가 남자가 소파에 자리를 잡고 앉으면 카운터 위로 '점심시간'이라고 쓴 푯말을 올려놓는다. 그러고는 천천히 손톱을 깎기 시작한다.

남자는 한동안 멍하니 앉아 있다. 마치 아무런 생각이 없는 사람처럼, 혹은 너무나 엄청난 세파에 시달리다 나가떨어져 무기력한 사람처럼 그는 정신을 놓고 있다.

그런 상태로 얼마간의 시간이 흐르고 남자는 자신의 옆에 놓인 잡지책을 집어 든다.

남자는 기계적으로 책을 뒤적여 보다 선뜻 간호사를 바라본다.

간호사, 여전히 손톱을 다듬고 있다.

남자 저기, 저 말이에요.

간호사 (건성으로) 점심시간이에요.

남자, 다시 책을 펴든다. -사이- 간호사, 푯말을 내리고 퇴장.

남자는 지루한 듯 책을 옆으로 던져두고 소파 위에 벌렁 누워 기지개를 켜며 늘어지게 하품을 한다.

-사이- 간호사, 손에 차트를 들고 등장.

간호사 성함이?

남자 (소파에서 일어서며) 저, 이….

간호사 X-RAY 찍게 똑바로 서세요. 입 벌리시구요. (남자 입을 벌린다.) 더 크게 벌려보세요. (남자 입을 크게 벌린다.) 좀 더 크게요. (남자 입 최대한으로 벌린다.) 좀만 더, 좀만. 네, 좋아요. (번쩍이는 섬광.) 됐습니다.

간호사 퇴장한다. 남자는 눈부신 섬광에 한동안 정신이 혼미하다.

-사이-

간호사, 손에 차트를 들고 다시 등장. 무대 중앙에 놓인 치과 진료 의자 옆에 선다.

무대 전체적으로 밝아진다.

남자 (몸을 단정히 가다듬고 소파에 앉으며) 저, 선생님께선 아직.

간호사 (사무적인 무표정한 얼굴로, 하지만 목소리나 말투는 상냥하게.) 좀 있으면 나오실 거예요. 방금 식사를 끝내셨거든요.

남자 아, 예….

간호사 (손에 들고 있던 차트를 뒤적인다.) 다음 대기하실 분이…. (남자를 향해) 들어오세요.

남자, 소파에서 일어나 치과 진료 의자 옆으로 가 선다.

대기실, 어두워진다.

간호사 자, 이쪽으로… 앉으세요. (남자를 부축하여 의자 위에 앉힌 다음 의자를 남자의 얼굴이 보일 각도만큼만 뒤로 반쯤 젖힌다.) 조금만 기다리세요. 선생님 곧 나오실 거예요. (남자의 가슴 위에 흰색 천을 둘러주고는 나가려고 한다)

남자 (짐짓 불안한 듯 몸을 뒤척이며) 저, 치료하는 데 얼마나 걸릴까요?

간호사 그거야 선생님이 보셔야 알죠. 조금만 기다리세요. 선생님 곧 오실 거예요.

남자 저, 이빨 말이에요. 빼야 되나요? 몇 개나…….

간호사 (짜증 섞인 목소리로, 그러나 무의식적인 상냥함은 잃지 않는다.) 선생님 오시면 말씀하실 거예요. 기다리고 계세요.

간호사 퇴장.

조명 한층 어두워진다. 때에 따라선 배경조명들을 다 끄고 남자가 앉아 있는 의자 위에만 조명을 켜두는 것도 좋겠다. 이렇게 앞으로 남자가 혼자 남게 되는 장면에서는 남자의 심리 상태에 따라 조명을 적절하게 조절하기로 한다.

남자는 막상 진료 의자에 앉게 되자 매우 불안해진 듯 이곳저곳을 살펴보며 불안정한 태도를 보인다. 손으로는 바지춤을 꽉 움켜쥐고서 눈을 휘둥그레 뜨고 있다. 시간이 지나감에 따라 그의 모습에서 점차 불안이 더해가고 있음이 눈에 역력히 드러난다. 하늘을 멍하니 응시하고 있는 그의 눈동자에선 공포가 느껴진다. 너무 긴장한 나머지 어느새 몸을 이리 저리 뒤척여 옆에 올려놓은 도구들이 떨어지기도 하는데, 그러면 남자는 재빠르게 일어나 도구들을 주워서 다시 제자리에 올려놓는다. 간호사가 들어오는 소리에 허겁지겁 의자 위로 올라앉는 남자.

조명 다시 밝아지면 간호사, X-RAY 사진을 들고 등장. 사진을 줄에 매단다.

남자 저, 선생님은 언제….

간호사 지금 화장실 가셨거든요, 양치하시러. (X-RAY 사진 거는 걸 다 마치고) 좀만 기다리시면 오실 거예요.

간호사 퇴장. 조명 약간 어두워진다.

남자, 조금 전보다는 약간 긴장이 풀린 듯하나 완전히 긴장을 늦추지는 않은 상태이다. 그러한 긴장감들은 시간의 흐름에 따라 서서히 이완되어 가고 그런 현상은 눈동자가 갖고 있는 긴장도의 낮아짐이나 손의 움직임들로써 보여진다. 긴장의 이완이 천천히 비축되어감에 따라 남자의 눈은 생기를 잃고 손도 맥을 놓는다.

급기야 남자의 코 고는 소리 들려온다. -사이-

조명 밝아지고 의사와 간호사 등장.

의사 그럼 밥 먹으러 먼저 갔다고 삐졌단 말이야?

간호사 누워 있는 환자보고 글쎄 늦게 와서 밥도 못 먹게 한다고 짜증을 내더라구…. 이 선생이 옆에서 보조 봐주다 민망해 죽는 줄 알았대요. 그 성깔에….

-사이- 남자의 코 고는 소리가 갑자기 크게 들려온다.

남자의 코 고는 소리에 놀라 의사와 간호사, 남자를 쳐다본다.

의사 완전 나가 떨어졌구만. (간호사에게) 깨워!

간호사 (남자를 흔들어 깨운다.) 저기, 여기요, 이봐요!

남자, 화들짝 놀라 깬다.

의사 (차트를 살펴보며) 여기가 무슨 길거리 여관인 줄 아십니까. 예? (사이) 이 환자 X-RAY는 찍었나?

간호사 예. 선생님, 여기. (X-RAY 사진에 불 켜진다.)

의사 (X-RAY를 쳐다본다. 인상을 찌푸리며.) 웬 이빨이 이렇게 많습니까. 썩은 이하며, 사랑니에 어금니….

간호사 어머머머. 징그러라. 원시인도 아니고. 웬일이야.

의사 요즘 같은 시국에 쓸데없이…….(간호사를 향해) 발치할 수 있게 준비해 놔.

간호사 예 선생님.

의사 (가다 돌아서서) 아, 그리고 이 시리시죠? 찬물 못 마시구. 이 엄청 가셨네. 안 그래도 이렇게 많은 이를 그렇게 앙다물고 사시니까 이가 다 갈리죠. 이건 좀 더 갈리면 때워드릴게요. 웃기죠? 그러니까 진작에 희망 따위 버리셨어야죠. (남자의 어깨를 툭툭 치며) 좀 쉽게 살란 말입니다.

의사 퇴장. 뒤이어 간호사 X-RAY 사진을 빼들고 퇴장. 조명 변화.

남자, 불안한 듯 의사와 간호사가 나간 쪽을 바라본다.

-사이- 그는 다시 제자리에 누워 기도라도 하는 듯 눈을 감고 두 손을 모은다.

-사이- 조명 밝아지면 간호사 이런저런 도구들을 들고 등장, 보조의자에 앉는다.

남자는 간호사의 움직임에 시선을 같이한다.

간호사, 들고 들어온 도구들을 의자 옆에 다른 도구들과 함께 정돈한다.

남자 (몸을 일으키며) 저, 이빨이요. 빼야 되나요?

간호사 당연하죠. 어금니를 아직도 달고 다니는 사람이 있다니. 소두 아니고.

남자 어금니요?

간호사 국민 기초 식생활에 의거한 치아보건법 모르세요?

남자 치아보건법이요?

간호사 옛날 원시시대에야 어금니를 사용했었죠. 그 둔한 이빨로 어그적어그적……. 하지만 지금은 모든 식생활을 이 송곳니 하나로 아주 간편하게 해결하잖아요. 박쥐처럼 날카로운 송곳니를 갖는다. 정말 멋지지 않아요.

남자 박쥐요?

간호사 왜, 남의 피 빨아먹고 사는 동물이요. 베트맨이요. 흡혈귀요.

사이

남자 생이빨인데 뽑아요?

간호사 어머. 그럼, 그냥 둬요. 그동안 불편하지도 않으셨어요.

남자 (사이) 저, 그럼 빼기만 하면 되나요.

간호사 때울 것도 몇 개 있어요. 신경치료도 해야 되구요. (정리를 마치고 의자에서 일어난다. 남자를 다시 자리에 눕힌다.) 누워서 기다리세요.

간호사 퇴장. 조명의 변화.

남자는 다시 긴장이 되는 듯 불안한 모습이다. -사이-

의사와 간호사 등장. 조명 밝아진다.

의사와 간호사 각각의 보조의자에 앉는다.

간호사, 의사에게 수술용 장갑을 건넨다.

의사 (장갑을 손에 억지로 끼우며) 그래서 결국 담당 의사를 바꿨단 말이야?

간호사 뒤통수 맞은 꼴이죠 뭐.

의사 의사 체면 말이 아니로군. (장갑이 손에 잘 들어가지 않자 점점 더 화가 난다.) 이건 또 왜 이렇게 작아. 너무 작은데 이거. 좀, 큰 것 좀 갖다 놓으라니까. 거 왜 다 이러나. 없는 거야? (사이) 아니 병원에 제대로 있는 게 없어 왜?

간호사 (기어 들어가는 소리로) 저, 다른 걸로 갖다 드릴까요?

의사 아냐, 됐어. (장갑을 억지로 마저 끼운다.) 손이 작아지던가 해야지 원. 이렇게 열악한 환경에서 환자를 봐야 되는 거야? 나 참, 에휴.

남자 저 말이에요, 저…. 어금니요, 꼭 빼야 되나요?

의사 아, 그럼 요즘 누가 어금니를 씁니까. 소두 아니고. 어금니를 그렇게 놔두니까 송곳니가 제구실을 못 하는 거 아닙니까. 송곳니를 키우세요.

남자 저기, 저.

의사 (기구를 손에 들고 남자를 향해) 자, 아 해보세요. (남자 입을 벌린다.) 좀 더 크게요. (남자, 좀 전보다 더 크게 입을 벌린다.) 조금만 더 크게 벌려 보실래요. (남자, 한계점까지 입을 벌린다.) 네, 됐습니다. 그대로 계세요. (치과용 도구로 입안을 이리저리 살펴본다. 남자, 어느새 입이 다시 오므라들어 작아진다.) 입을 오무리시면 어쩝니까. 자, 다시 크게 벌려보세요. (남자 입을 크게 벌린다. 의사 다시 치과 도구들을 입 속으로 들이대고 여기저기 살펴본다. -사이- 남자 입이 다시 오므라든다.) 아 참, 이렇게 자꾸 입을 오므리시면 어쩌자는 겁니까. 입을 크게 벌리셔야 이빨을 뽑든가 할 거 아닙니까. (사이) 이거 안 되겠는데, (간호사를 향해) 개구기(開口器) 줘봐.

간호사, 의사에게 개구기를 건네준다.

남자 저, 뭐부터 하실 건가요? 왼쪽? 오른쪽? 사랑니? 어금니? 치료부터 하실 건가요? 아님 뽑기부터?

의사 (개구기를 손에 들고) 자, 아 하십쇼.

남자 오늘만 하면 끝인가요?

의사 아 하세요.

남자 도대체 뭐가 어떻게 돌아가는 건지 저도 알아야 할 거 아닙니까.

의사 아, 내 참, 아 하세요.

남자 아니, 저기, 저…….

의사 거, 치료 안 하실 겁니까? 글쎄 저기고 여기고 간에 아 하세요.

남자, 체념하고 입을 벌린다.

의사, 개구기를 남자의 입에다 끼우고는 그것을 최대한 벌려 남자의 입을 크게 벌린다.

남자는 개구기를 끼운 즉시로부터 무척이나 고통스러운 듯 온몸을 비틀어대기 시작한다.

남자, 개구기를 빼내기 위해 손을 들어 입으로 가져간다. 허공 중에 허우적거리는 손과 발.

의사 재빠르게 남자에게 덤벼들어 그의 팔을 잡고 행동을 제지시킨다.

남자는 입안으로 계속해서 무어라 웅얼거리고 있다. 또한 거친 숨소리를 내고 있어 그가 지금 얼마만큼 고통스러워하고 있는지를 느낄 수가 있다. 나중에는 게거품처럼 침을 흘리기도 한다.

남자 (웅얼거린다) 너무 커요. 선생님! 너무 커요! 너무 커요! 너무 크다구요! 선생님!

의사 가만히 좀 계십쇼. 치료를 할 수가 없잖습니까. (간호사에게) 뭐해, 빨리 잡아.

간호사 네 선생님. (남자의 팔을 잡는다.)

의사 나 참.

간호사 (남자의 팔을 붙잡고 있는 것이 힘에 부치는 듯 보인다.) 가만히 좀 계세요. 자꾸 이러시면 마취 안 하고 뽑아요.

의사 누구 하나 더 불러와야 되는 거 아니야?

남자, 차츰 몸에 힘이 빠지는 듯 손과 발의 움직임이 줄어든다.

점차로 웅얼거리던 소리도 사라지고 몸의 움직임도 멈춘다.

모든 것이 멈추고 마침내 거친 숨소리만을 내는 남자.

의사 드릴.

간호사 (자신이 잡고 있는 남자의 팔과 의사를 번갈아 쳐다본다.)

의사 (남자에게) 이제 가만히 계셔야 합니다. 빨리 끝내야죠. (간호사에게) 됐어. 그 손 놔. 나를 도와야 할 거 아냐.

간호사 네 선생님.

간호사, 남자의 팔을 놓고 옆에 놓인 치과 도구들 중 하나를 꺼내 든다.

순간 기회를 노렸던 듯 남자가 손을 들고 개구기를 빼내려고 한다.

의사와 간호사 재빠르게 남자를 붙잡는다. 다시 시작된 몸부림. 어떻게든 의사와 간호사에게서 벗어나려는 남자의 몸부림이 애처롭다.

시간이 갈수록 남자의 얼굴에 고통의 빛은 더해 가지만 몸부림의 정도는 현저히 약해져간다.

의사 이렇게 난폭한 환자는 처음인걸.

간호사 의자에 아주 묶어버리죠. 선생님.

의사 그게 좋겠군.

간호사, 의자 뒤에 붙어 있는 정신병원용 환자 호송 줄을 꺼내 의사와 함께 남자를 묶는다.

몸에 줄이 친친 감긴 뒤에도 남자는 한동안 몸을 버둥거리며 벗어나려고 애를 쓴다.

의사 (숨을 헐떡이며) 치료 한번 하기가 이렇게 힘이 들어서야. 앞으론 환자도 가려가며 받던가 해야지 원.

간호사 (헐떡이며) 그러게 말이에요. 선생님.

의사 (보조의자에 앉는다.) 드릴.

간호사 예 선생님.(기계를 남자의 입안으로 갖다 대지만 제대로 작동되지 않는다.) 어, 이게 왜 또 안 되지. 아까까지도 멀쩡했는데, 왜 이러지.

의사 (남자의 입을 들여다보고 있다가 기계가 제대로 작동되지 않자 하던 동작을 멈춘다.) 뭐야, 또. 점검 안 해 놨어?

간호사 아까 이 선생님 진료하실 때만 해도 멀쩡했거든요. 갑자기 왜 이러지 이게.

의사 기계가 오래 돼서 언제 맛이 갈지 모르니까 미리미리 점검해 놓으라고 했잖아. 아 참, 이씨 불러봐.

간호사 (기계를 들고 다시 한 번 작동시킨다. 허공 중에 울리는 요란한 기계음) 어, 되는데요 선생님.

의사 이리 대.

붉은색 조명이 들어오고 의사와 간호사, 남자의 입을 중심으로 머리와 손을 모은다.

웽~ 하고 의사가 드릴로 남자의 이빨을 갈아내는 소리와 간호사가 기구를 이용해 남자의 입에서 흘러나오는 이물질과 피를 빨아들이는 소리 등, 요란한 기계음이 계속 울리는 가운데 의사와 간호사는 서로 이런 저런 도구들을 주고받으며 치료에 열중하고 있다.

남자는 의자에 묶여 있는 몸과 팔, 다리, 그리고 발이 보일 뿐이다.

남자의 발이 간헐적으로 경련한다.

의사 주사.

간호사 네 선생님.(마취주사를 건넨다.)

의사 (남자의 입안으로 주사를 놓는다.) 자, 이제 발치만 하면 되겠군. 지금 마취해 놨으니까 조금만 기다리십쇼.

남자 (웅얼거린다.)

의사 뭐라구요. 아, 예.(간호사에게) 개구기 좀 빼드려.

간호사, 남자의 입에서 개구기를 빼낸다.
남자는 비로소 고통에서 벗어난 듯 안도감을 보이며 한동안은 말을 잊은 채 경련이 일어날 것 같은 입을 이리저리 움직여본다.

의사 뭐라구 하셨죠.(사이)

남자 입을 그렇게 크게 벌려 놓으시면 어떡합니까. 내 참, 잡아 늘려 놓을 게 따로 있죠. 숨도 제대로 못 쉬고 죽는 줄 알았다구요.

의사 진작 말씀하시지.(손과 발을 들어올리며) 손발짓을 하시던가.

남자 도대체 지금까지 뭘 한 겁니까? 사람이 말이야 무슨 말이 있어야지, 입안에다 대고 무슨 일을 벌이는지 알 수가 없으니 도무지…….

의사 여기, 여기, 여기, 여기.(손가락으로 환자가 때운 이빨의 위치를 짚어준다.) 안쪽에 반나마 썩어 들어가는 이, 그거 새카만 속 죄다 긁어내구서 허옇게 땜빵해 넣었습니다. 됐습니까? 지금 마취해 놨으니까 조금 있으면 입안이 얼얼해지실 겁니다. 마취는 이빨을 뽑기 위해 사용한다는 거, 그거까진 설명 안 해드려도 되겠죠?

남자 아니, 이러구 가만히 누웠는데 아무 말도 없으면 아 그걸, 이빨을 뽑는지 이빨을 갈아내는지 덮어씌우는지 도통 알 수가 없으니, 언제 긴장을 해야 되는지 언제 아파해야 되는지 도대체 다음에는 뭔 일이 벌어지는 건지, 대비를 할 수가 없잖습니까. 대비를.

의사 간호사, 발치 과정에 대해 설명해드려.

간호사 (발치 과정이 적힌 차트를 세운다.) 지금부터 발치 과정에 대해 간략히 설명 드리겠습니다. 우선 발치의 전 단계로서 의사는 환자가 이를 뽑으려는 이유를 듣고 구강 및 치아 관찰을 세세히 해야 하며, 환자의 전신 상태를 철저히 점검해야 합니다. 그리고 아무런 이상이 없을 시 X-RAY 사진을 찍습니다. 여기까지 질문 없으시죠? 그럼 본 진료에 들어가서, (차트를 가리키며) 첫 번째 환자를 눕힌다. 두 번째 마취를 한다. 마취기구 준비는 SYRINGE에 NEEDLE을 꽂고 마취액이 들어있는 AMPLE을 넣는다. 마취액은 2 LIDOCAIN을 쓴다. 마취는 상악의 경우 침윤마취, 하악의 경운 전달마취로 한다. 여기서 침윤마취란 뽑으려는 치아 주위에 마취 액을 놓는 것이고, 전달마취란 치아로 가는 신경 골목에 마취를 해서 하악 한쪽 치아 모두를 한꺼번에 마취하는 것을 가리킨다. 선생님의 경운 시간이 부족한 관계로 두 가지 모두 사용하였습니다.

남자 그럼 아래위를 다? 아니, 도대체 몇 개나 뽑을 생각입니까? 하루에…….

간호사 (아랑곳없이) 세 번째, 잠시 기다렸다가 장갑을 끼고 소공을 환자에게 덮는다. 소공은 환자의 입만 내놓고 나머지 얼굴을 모두 덮는다. (간호사, 남자에게 그대로 한다. 남자는 어리둥절해하며 일어서려다 간호사가 눕히자 그대로 눕는다.) 네 번째 PERITOMY를 한다. 치아는 뼛속에 박혀 있고 뼈를 덮고 있는 잇몸과도 붙어 있는데 이 과정에서 치아와 붙어 있는 잇몸 섬유를 자르게 됩니다.

의사, 가위 같은 것을 들고 남자에게 덤벼든다.
의사의 시술과 동시에 남자는 비명을 질러댄다.
지금부터 의사는 간호사의 지시대로 시술한다.

간호사 치아 주위를 빙 돌면서 자른다. (의사, 남자의 주위를 빙 돈다.) 사용되는 기구는 PERITOME. 다섯 번째, 치아를 흔든다. 기구는 ELEVATOL. 치아와 치아를 둘러싸고 있는 치조골 사이에 이 기구를 넣고 조금씩 흔들면서 치아와 치조골 사이의 치주인대를 끊는다. ELEVATOL은 보통 가는 것과 굵은 것 두 가지를 사용하는데, 먼저 가는 것을 이용하여 조금씩 흔들어 보다가 많이 흔들린다 싶으면 굵은 것을 사용한다. 이때, 한쪽 손으로는 기구를 조절하며 나머지 한쪽 손은 치아 위에 대고 그 흔들림의 진행을 가늠하게 됩니다. 또 뽑아야 할 치아 말고 옆에 있는 치아가 흔들리지 않는지도 자세히 살펴봅니다. 다음으로 여섯 번째, 치아가 많이 흔들린다 싶으면 FORCEP을 잡고 치아를 좌우로 흔들어서 뽑는다. 이 기구는 흔히 말하는 펜치처럼 생겨서 치아를 직접 잡아 흔들어 뺄 수 있게 되어 있습니다. 일곱 번째, 소파술. 외과용 소파기로 소파한다. 소파술이란 이가 뽑힌 자리에 원래 있던 육아조직이나 불순물 등을 긁어내는 것을 가리킵니다. 여덟, 식염수로 세정. 아홉, 하악의 경우 봉합한다. 기구는 NEEDLE, HOLDER, SCISOR. 열, 거즈를 물린다. 마지막으로 주의사항을 설명한다.

의사, 간호사의 지시에 따라 시술을 마친 후 남자의 얼굴에서 소공을 치우고 거즈를 물린다.

의사 꼭 물고 계셔야 합니다. 사랑니라 피가 많이 나올 겁니다.

의사와 간호사, 남자의 몸을 일으켜 세운다.
남자, 입가로 피가 흐른다.

간호사 제 설명을 듣고 두려움이 좀 없어지셨나요?

의사 일단, 설명은 한 번뿐입니다. 두 번은 없어요. 이 다음부턴…….

남자 또요!

의사 뽑아야 할 이가 많다고 하지 않았습니까. 안쪽에 사랑니만도 4개, 어금니, 윗니, 아랫니, 옆엣니 다 합하면…….

남자 하지만 내가 알기론 이는 하루에 두 개 이상 뽑으면 안 된다고…….

의사 시간이 없어요. 도대체 지금 밀려 있는 환자가 몇인 줄 아십니까? 빨리 빨리 끝내야 한다구요.

남자 그래도.

간호사 자, 누우세요. (남자를 눕힌다)

남자가 다시 일어나려 한다.

눕히려는 간호사와 일어나려는 남자 간의 짧은 실랑이. 곧 잠잠해진다.

간호사 아직도 두려우세요? 다시 한 번 설명해드려요?

의사 아, 일일이 그걸 어떻게 다 해. 됐어. 하나 안 하나 마찬가지야.

간호사, 남자의 얼굴에 다시 소공을 덮는다.

의사 자, 시작합니다.

의사와 간호사, 남자의 이빨을 뽑는다.

남자의 짧은 비명소리와 연이어 뽑힌 이빨들이 철제 통 속으로 떨어지는 소리가 공포감을 자아낸다. 마침내 마지막 이빨을 뽑는 순간, 잘 뽑히지 않는 것인지 의사가 쩔쩔맨다. 펜치 같은 것을 남자의 이빨에 끼우고 아래쪽으로 있는 힘껏 잡아당긴다.

의사 왜 이렇게 안 뽑히지? (펜치를 남자의 이빨에 끼운 채 빙글빙글 돌려본다.) 아무래도 깨야겠는데.

간호사 (기구를 건넨다.) 여기요, 선생님.

의사, 망치처럼 생긴 기구를 들고 남자의 이빨을 힘껏 내려친다.

남자, 흠칫 놀라 소리를 지르고는 입을 다물어 버린다. 목구멍으로 피나 이물질 같은 것이 들어갔는지 콜록거린다. 입가로 피가 흐른다.

의사 다 돼 갑니다. 마지막으로 한 번만 더 아 해보세요. 자, 아.

간호사 조금만 더 참으시면 돼요. 다 했는데요 뭐. 자, 아 하세요.

남자 다시 입을 벌린다.

의사 (다시 시술 시작) 아니, 왜 이렇게 안 빠지는 거야. 뿌리가 어디에 박힌 거야 도대체. (간호사에게) 좀 잡아당겨 봐.

간호사 네 선생님. (의사의 허리를 붙잡는다.)

의사 자, 하나 둘 셋 하면 잡아당기는 거야. 알았지. (기구를 다잡으며) 하나, 둘, 셋이야. (간호사 셋 소리와 함께 튕겨져 나간다.) 하나 둘 셋 하면 하라구, 하나 둘 셋. 셋, 셋, 셋! 똑바로 좀 잘해. (기구를 다시 다잡으며 눈을 질끈 감는다. 간호사, 의사의 허리를 꼭 잡는다.) 하나, 둘, 셋!

의사와 간호사 튕겨져 나간다.

의사 야! 뽑혔다 뽑혔어. (이빨 뿌리가 도라지 뿌리마냥 크고 길다.) 뿌리가 이래 길어 빠졌으니 그 고생이지.

간호사 어금니 뿌리라.

의사 내 속이 다 시원하네. (남자에게) 많이 아프셨죠? 발치 다 끝났습니다. 이제 입안이 아주 시원하실 겁니다. 아, 옵션으로다 송곳니도 갈아드렸으니까 잘 사용하세요.

간호사 (남자의 얼굴에서 덮개를 걷어내며) 마음에 쏙 드실 거예요. 선생님 솜씨가 보통이 아니시거든요. (남자, 온 입가에 피범벅이다. 간호사 거즈로 남자의 입가에 묻은 피를 닦아낸다.) 이런, 피가 많이 나네.

의사 (남자에게 거즈를 물려주며) 단단히 물고 계셔야 합니다. 두 시간 정도는 꼼짝 말고 물고 계세요. 침이나 피가 흘러나오면 절대 뱉지 말고 삼키시구요. (차트를 뒤적이며) 마취가 아직 덜 풀려서 혀나 입술이 얼얼하실 겁니다. 가렵다고 손톱으로 긁거나 물어뜯지 마세요. 치료 부위에 손대지 마시구요. 정 아리시면 집에 가셔서 찬물로 찜질 조금 해주세요. 그럼 좀 나아지실 겁니다. 이틀 후부턴 온 찜질로 바꿔서 하시구요.

남자 네? (멍하니 허공을 응시하고 있다.)

의사 약 지어드릴 테니까 꼭 시간 맞춰서 드시구요. 술, 담배는 물론 금물입니다.

남자 정전인가요? 왜 이리 컴컴하죠 선생님?

의사 무슨 말씀이세요? 불이 이렇게 밝은데 정전이라니.

남자 불이 밝다구요? 내 눈엔 온통 컴컴한 어둠뿐인데……. (눈을 더듬거리며 만진다.)

간호사 눈을 계속 가리고 있다가 갑자기 빛을 쏘여서 그런 걸 거예요. 좀만 기다려 보세요. 빛이 익숙해지면 금세 괜찮아질 거니까.

남자 아니, 아니에요. 그게 아닌 거 같아요. 아주 캄캄하다구요, 칠흑

같이. 빛이라곤 한 오라기도, 한 오라기도 새들지 않는다구요. 동굴 속에 갇힌 거같이……. 무서워요. 누구, 누구 내 말 들려요.

의사 들려요, 들려. 아, 참. 지금 처방전 쓰고 있잖아요. 약국 가서 약이나 지어 가세요.

남자 눈이 안 보여요. 눈이 안 보인다구요. 내 눈이…….

의사 여긴 치과예요. 안과가 아니라구요. 그런 건 안과에나 가서 얘기하세요.

간호사 (남자를 의자에서 일으켜 세운다.) 옆 동에 안과 있거든요. 거리로 5m도 안 돼요.

남자 눈이, 내 눈이.

남자, 눈을 더듬어 보다 간호사의 부축에 일어선다.

손을 허공으로 더듬거리며 걷는 걸음이 부자연스럽다.

의사 (남자의 손에 처방전을 쥐어주며) 약 지어 가세요. 술 담배는 절대 금물입니다.

남자 (의사를 부여잡고) 눈이, 눈이 안 보여요. 눈이 안 보인다구요. 선생님, 내 눈이!

의사 여긴 치과라구요. 치과. 내 일은 이미 끝났어요. 내 할 일은 다 했다구요.

간호사 옆 동에 가시면 안과 있어요. 거리로 5m도 안 된다구요.

남자 어떻게, 눈이, 내 눈이, 이렇게 갑자기 안 보일 수가 있죠?

의사 그거야 저도 모르죠. 아, 안과에 가서 물어보세요. 여긴 치과라구요, 치과. (의사 퇴장.)

간호사 선생님, 선생님!(퇴장)

남자, 의사에게서 받은 처방전을 들고 멍하니 서있다.

암전.

다시 카운터 위로 조명이 켜지면 남자가 소파에 앉아 있다.

남자는 눈에 안대를 하고 입에는 마스크를 하고 있다. 마스크 위로 피가 흥건하다.

남자는 기운이 하나도 없는 사람처럼 소파에 몸을 반쯤 기대고 있다.

이때, 아무 형상도 없는 하얀색의 가면을 쓴 간호사 등장.

카운터 위에 놓인 '식사시간'이란 푯말을 내린다.

간호사 (상냥하게) 자, 다음, 들어오세요. 이리 앉으세요.

남자, 안과 수술대 위로 올라간다. 수술대는 치과에서 사용한 치료의자와 같은 형태이다.

간호사, 남자의 몸을 수술대 위에 묶는다. 남자는 아무런 저항이 없다.

사이

간호사와 같은 형식의 가면을 쓴 의사 등장.

의사 시신경에 많은 무리가 간 거 같습니다. 수술을 해야 될 거 같은데…. 수술 준비해 놔.

간호사 네, 선생님.

남자 시신경이라구요?

의사 간호사, 설명해 드려.

간호사 네, 선생님. (차트를 들고, 알아들을 수 없을 정도로 빠르게) 지방질의 충전물로 지지되고 있는 눈은, 4개의 직근에 의해서 어느 방향으로든움직일 수 있다. 2개의 사근은 안구의 중앙부에 압력을 가해 그 압력의 강약에 따라서 눈을 단단하게 죄어 여러 가지 거리에 있는 물체가 보이도록 조절 하는데 사근이 죄어지면 안구는 전후로 길어진다. 반대로 직근이 죄어지면 안구는 전후로 짧게 두터워진다. 이 균형의 변화가 눈의 초점을 변화시킨다. 또 하나 중요한 곳은 홍채이다. 홍채는 그 중심부가 동공이라는 통과공에 의해서 구성되어 있다. 여기에 외부의 광선이 들어간다. 이 홍채는 카메라에서 말하는 조리개에 해당한다. 즉 외부의 명암이나 물체의 거리, 범위에 반응해서 중심점의 구멍의 크기를 변화시키고 망막에 적량의 광선을 넣는 역할을 한다. 더욱이 망막의 뒤쪽에는 색소층이라는 것이 있어 그것이 우리들의 시력에 색을 느끼게 해준다.
우리들의 눈은 이와 같이 해서 구성되어 있는데, 사물을 보고 확신하기 위해서는 눈뿐만 아니라 시신경, 시중추라는 기능의 작용을 얻지 못하면 아무런 물체도 보이지 않는다. 그러니까 이것은 마치 의식이 없는 카메라와도 같다고 할 수 있습니다.

남자 네? 시신경이, 뭐가 어떻게 됐다구요? 내가 도대체…… 도무지…… 어떻게 된 건지.

의사 자, 시작합시다.

의사와 간호사, 남자에게 덤벼들어 수술을 한다.

요란한 굉음들 들려온다.

남자, 간헐적으로 경련한다.

사이

의사 (수술용 장갑을 벗으며) 수고하셨습니다. 수술은 무사히 끝났습니다. 경과는 일주일 정도 뒤에 알 수 있을 겁니다. 그때까지는 무리하지 마시고 안정을 취하도록 하세요.

간호사 (남자를 일으켜 세우며) 수고하셨습니다.

남자 (얼굴이 만신창이다.) 네?

간호사 수술 무사히 끝났습니다.

남자 다 된 건가요.

의사 (남자를 의자에서 일으켜 서게 한다) 수술 무사히 끝마쳤으니까 걱정하지 마시고 집에 돌아가셔서 푹 쉬세요. 푹 쉬셨다가 일주일 뒤에 경과 보러 오시면 됩니다.

남자 (엉거주춤 서서) 어떻게 잘 된 건가요? 무슨 말씀을 해주세요. 다 됐냐구요?

의사 몇 번을 말씀 드려요. 다 됐으니까 돌아가세요. (남자를 밀어내며) 가셨다가 일주일 뒤에 오세요.

남자 (방향감각을 완전히 잃은 듯 휘청이며 귀를 잡아 뜯는다.) 도대체……, 이게…… 도대체…….

간호사 수술 무사히 끝마쳤어요. 걱정 마시고 돌아가세요.

남자의 절규에 찬 비명소리.

막

현실 속 '소외'

장원재(연극학 박사/전 숭실대 교수)

오진희 희곡의 출발점은 현실이다. 현실의 익숙함이다. 오진희는 그 익숙함을 비틀어 틈을 만든다. 너무나 익숙해서 당연했던 것들이 조금씩 엇나가는 데서 생기는 틈이다. 미세한 틈은 처음에는 관객을 웃게 만들지만, 틈이 커지면 웃음은 당혹감으로 변한다. 배우들의 행동이 익숙함을 깜빡한 실수가 아니라, 익숙함 자체가 우리가 인지하지 못했던 문제의 본질이자 근원임을 알려주기 때문이다. 이것이 오진희가 만드는 연극적 긴장이다.

「기초 생활법에 의거한 신지식인 만들기」는 우리 곁에 언제 어떻게 전체주의가 군림할지 알 수 없다는 섬뜩한 경고에 다름 아니다. 나치 강제수용소 출신 치과의사에게 치과 진료기로 고문을 당하는 영화 <마라톤 맨>(1978)의 한 장면과, 국가 주도로 만든 시민들의 선의를 모으는 시설 '헌혈의 집'이 사실은 시민들을 통제하기 위한 고도의 공작이었다는 「비닐하우스」(1989, 오태석 작/연출)를 떠올리며 이 작품을 읽었다.

모든 등장인물들을 관통하는 또 다른 키워드는 '혼란'이다. 「개를 찾습니다」의 경우, 준철은 '생명을 가지고 그런 일을 하면 안 된다'고 자책하면서도 돈 앞에서 흔들리며 갈피를 잡지 못한다. 수연은 준철에게 200만 원을 송금하고 개를 찾았지만, '월세를 면하고 전세서 살아보겠다고 아등바등 모은 돈' 생각에 그렇게 예뻐하던 개를 남에게 줘버린다. 준철에게 '샴푸도 사람용을 쓰면 안 된다'고 말하며 안타까워하던 애견인의 모습은 더 이상 보이지 않는다.

오진희는 이 작품을 통해 여러 가지 사회 문제를 은유(隱喩)한다. 유기견 문제, 보이스피싱, 권력자의 집 애완견이 사람보다 더 귀한 대우를 받는 세태, 전지적으로 참견하지만 자기들의 이야기만 하는 방송 등이다.

「나무꾼 콤플렉스, 선녀 히스테리」에서 오진희는 고대 설화 '선녀와 나무꾼'을 비튼다. 도교(道敎) 신앙과 관계가 있는 널리 알려진 이야기에 근대(近代)와 현대성(現代性)을 삽입하는 것이다.

나무꾼에게 '선녀 옷을 훔치고 숨겨라'고 알려준 사슴은 옥황상제에게 '만남을 주선해 준 것일 뿐'이라고 한다. 나무꾼 난수는 아내를 사랑하지만, 아내와 외간 남자와의 통정(通情)을 의심하며 의처증 증세를 보이고 가정폭력을 휘두른다. 동네 아낙들도 경패(선녀/옥황상제의 막내딸/난수의 아내)를 질투한다. 경패의 시어머니는 무조건 아들을 감싸고 며느리를 괴롭히는 인물이다. 난수는 그 사이에서 어느 편을 들 수가 없다. 경패는 부부싸움을 할 때 칼을 들고 저항할 만큼 당당한 그러나 섬뜩한 풍모가 있다.

여권신장(女權伸張)은 이 작품의 부차적인 주제다. 이 작품의 핵심은 '잠재의식'이다. 난수와 경패는 서로를 인정하며 사랑하다가도 한순간에 적(敵)으로 돌변한다. 가까이 있는 사람들을 사랑하면 그곳이 천국이며 가까이 있는 사람을 미워하면 그곳이 지옥이다. 그래서 가족은 서로에게 천국을 맛보게도, 지옥을 경험하게도 할 수 있는 존재다. 난수와 경패의 사이가 그렇다. 난수에게는 아내에 비해 신분과 처지가 미약하다는 콤플렉스가, 경패에게는 남편의 행동을 보다 순간적으로 폭발하는 히스테리가 있다. 오진희는 이 작품을 통해서 우리에게 묻는다, 우리 마음의 주인은 우리 자신인가 아니면 콤플렉스와 히스테리인가. 콤플렉스와 히스테리는 우리 마음의 본질인가 부분인가. 콤플렉스와 히스테리 때문에 그르친 일들은 과연 수습이 가능한가.

'인간의 자존심에 가해진 3대 충격'이라는 농담이 있다. 제1차 충격은 인간은 더 이상 우주의 중심이 아니라는 것을 증명한 코페르니쿠스의 지동설(地動說)이다. 뒤를 이어 다윈의 진화론(進化論)이 인간의 자존심에 상처를 냈다. 우리가 우주의 중심이 아니라고 치자. 그렇지만 적어도 지구상에서 인간은 만물의 영장이요 선택받은 존재가 아니던가. 지동설이 나온 이후 그렇게 겨우 마음을 다스렸는데, 실상은 우리들과 유인원 간에 구조적으로 별다른 차이가 없다니. 프로이트의 정신분석은 인류의 자존심에 가해진 마지막 한 방이었다. 그래,

우리 몸의 구조가 유인원과 99% 이상 겹친다고 인정한다. 그러나 그 나머지 1%란 얼마나 특별한가. 인간의 문명이란 결국 그 1%의 차이로부터 발현한 것이 아닌가. '그래서 인간은 정말로 특별한 존재다'라고 생각했는데, 아니 듣느니 새로운 '잠재의식'이라고? 기실 인간은 우리 자신이 누구인지조차 파악하지 못했으며 나아가 우리 자신을 우리 자신의 의지에 의해 100% 통제할 수도 없다는 이야기가 아닌가.

그래서 문제다. 아무리 노력하고 우연을 가장한 필연이 겹치고 시기와 질투를 극복한다 해도, 결국 우리 자신에게 깃든 문제가 남아 발목을 잡는다. 콤플렉스와 히스테리다.

오진희 작가는 언제나 그렇듯 문제만을 던져주고 해결책은 주지 않는다. 주장(主張)도 없고 선동(煽動)도 없다. 익숙함을 비튼 지점에 빛을 비추었으니, 갈라진 틈새로 길을 찾아가는 것은 관객 각자의 몫이라는 뜻이다. 문학과 인생에는 정답이 없다. 관객 각자가 찾아가는 길이 그 시점, 그 상황에서 관객 각자에게는 최선의 선택일 터이다. 선택에 대한 책임은 관객이 져야 한다. 콤플렉스와 히스테리 탓만 해서는 길이 보이지 않을 것이다. 그것이 오진희가 우리에게 던지는 메시지인지도 모른다. 오 작가의 정진(精進)과 대성(大成)을 기대한다.

개를 찾습니다

2019년 12월 6일 1판 1쇄 펴냄

지은이 오진희

펴낸이 김성규

편집 김은경 이계섭

디자인 김동선

펴낸곳 걷는사람

주소 서울특별시 마포구 월드컵로 16길 51 서교자이빌 304호

전화 02 323 2602

팩스 02 323 2603

등록 2016년 11월 18일 제25100-2016-000083호

ISBN 979-11-89128-57-9

979-11-89128-30-2 [04810]

* 이 책은 서울문화재단의 지원을 받아 발간되었습니다.

* 이 책의 국립중앙도서관 출판시도서목록(CIP)은
서지정보유통지원시스템 홈페이지 (http://www.seoji.nl.go.kr)와
국가자료공동목록시스템 홈페이지
(http://www. nl.go.kr/kolisnet)에서 이용할 수 있습니다. (CIP제어번호:2019048512)